CROSS NOVELS

異世界の獣人王と癒やしの花嫁

不思議なベビーと三人幸せ育児生活

墨谷佐和
NOVEL Sawa Sumitani

糸森ゆずほ
ILLUST Yuzuho Itomori

CROSS NOVELS

Contents

CROSS NOVELS

異世界の獣人王と癒やしの花嫁

不思議なベビーと三人幸せ育児生活

プロローグ――

大陸フラウデルは、獣人たちが住まう世界だ。

獣の身体に知性を――二本足で歩き、手を自由に使い、野生の本能と力を持ち合わせて進化を遂げた獣人たちは、狼、獅子、猫、鳥、うさぎ等小動物の一族に分かれて五つの国を成し、独自の文明を築いてきた。

だが、それぞれの国が友好関係を結ぶのは難しく、小国は大国に統治され、大国は大陸の覇権を争い、あるいは駆け引きをしながら、長く戦乱の状態が続いている。

そんな中、二大勢力のひとつ、獅子族と雌雄を決する狼族の国『ガイスト』では、王の第二子が誕生した。

ガイスト暦一五九五年。

それは、獅子族との間に束の間の休戦協定が結ばれた、夏の盛りのことだった。

「おめでとうございます。お元気な王子様の誕生ですぞ！」

「ご覧なさいませ、この、きりりとしたお顔立ち、力強い泣き声を」

「なんと立派な尾をお持ちだ。これぞ、狼族の王子にふさわしい」

家臣たちが口々に祝いを述べ、ガイスト王は満足そうな様子で、その一つひとつにうなずく。そして、后《きさき》の隣で産声を上げる我が子を抱き上げた。

「第二子も雄とは喜ばしい。兄のセルシュと助け合って、このガイストをより強大に盛り立ててくれることであろう」

「名前はお決めになられましたか？」

后の問いに、王は、「ああ」とうなずく。

「私にはわかる。ヤルシュが知の子であれば、この子は動の子ぞ。早速であるが、これより名づけの儀式を行う。この子にふさわしい、勇猛な名を授けようぞ」

王の命で、司祭長が呼ばれた。司祭長は、神託を民に授ける預言者でもある。名づけの儀式では、王が決めた名と共に赤子へ祝福を捧げ、その輝かしい生涯を見通し、悪を退け、幸多かれと祈るのだ。

儀式が始まると、赤い天鵞絨《びろうど》の寝台に寝かせられた赤子は、ぴたりと泣き止んだ。狼の耳をぴんと立て、濃い藍色の目で司祭長を見つめ返す。

まるで、我の人生を見極めようとするかのように。

「これは……」

赤子の顔に見入った司祭長は、畏《おそ》れにも似た声を上げてしばし沈黙した。そして、皆の見守る中、厳かに口を開いた。

「高潔なる狼族、ガイスト国の第二王子を、ガーシュ・ダ・ガイストと名づける。王子は異世界から花嫁を迎えて子をもうけ、大陸フラウデルを統一する覇者となるであろう」

預言を聞き、常に威厳を崩さぬ王の目に、明らかな驚きと歓喜の様が浮かぶ。

「……それは真か？」

「いかにも」

司祭長は、王の前に恭《うやうや》しくひざまずいた。

「これは、狼族の神による神託にございます」

「吾子が、伝説の、異世界の花嫁を……？」

王や后を始め、皆が驚きと感動でざわめく中、ガーシュと名づけられた赤子は、場の雰囲気に臆することもなく、その藍色の目を煌《きら》めかせていた。

1

「お父さん、見て。ケガしてたスズメさん、元気になったよ」

優真《ゆうま》の手のひらの上では、元気よく囀《さえず》る雀が、今にも飛び立とうと、羽をぱたぱたさせていた。

昨日は、その羽の付け根が傷ついて、飛べなくなっていたというのに。おそらく、朝までもたないだろうと、優真の父親は思っていた。

「こうしてね、傷のところに手をあてて、治りますようにってお願いしたんだ。そしたら本当に傷が治ったの。ほら、もう、ケガしちゃだめだよ！」

無邪気に雀を空へと放つ五歳の我が子を見て、優真の父は目を瞠《みは》った。

「優真……」

思わず握った優真の手のひらは、ほんのりと熱を発していた。

それが、最初だった。


医大生の高原《たかはら》優真には、『傷を癒やす』という不思議な力がある。

手のひらを傷口に当て、そっと目を閉じて思いを込めると、傷の深さにより時間には差があるが、その傷は癒えるのだ。優真は幼い頃から、それとは知らず、傷ついた小鳥や小動物の傷を癒やしていた。

なぜ、そんなことができるようになったのか、全く覚えはない。

最初に傷を癒やしたのは五歳の時、窓ガラスにぶつかった雀だったらしい。医者だった父は優真の特殊能力を認め、そして、その身を案じた。

「優真の力は、生きる者の命を救う、本当に尊いものだ。だが、それは医学ではないんだよ。だから、必要な時にだけ、必要とする人のためでなければ、この力を使ってはだめだ。わかるね？」

優真は神妙な顔でうなずいた。

「もしかしたら、悪用されることがあるかもしれない。でも、絶対にそうならないように気をつけるんだよ」

「あくよう？」

優真の父は、幼い我が子にその言葉をどう伝えていいのか迷った。

悪用だけでなく、苦痛を癒やす行為に、好奇の目を向けられることだってあるだろう。迷った末に、彼は控えめに言い添えた。

「悪用というのは、優真のその力をお金儲けのために使ったりすることだ。だから、この力はお父さんとお母さんと優真だけの秘密だ。誰にも言わないようにね」

「うん！」

父とそんな約束をしたのはいつのことだっただろうか。

夕焼けを見ながら、手をつないで歩いていた。もう、二度と取り戻せない風景だ。

父に憧れ、たとえ表に出せないものであったとしても、自分に命を救う力があることが誇らしくて、優真は父のような医者になろうと決めた。

だが、その父も、応援してくれた母も、もうこの世にはいない。優真が小学二年生の時、二人とも、相次いで亡くなってしまったのだ。

父は、多忙な中で自分の体調の変化を見落とし、悪性腫瘍の発見が遅れたのだとあとから聞いた。元々、心臓が弱かった母は、夫の死のショックで病状を悪化させた。

(僕が、僕が治すんだ!)

だが、優真は自分にその力がないことを知った。治せるのは傷だけ。病気には通用しなかった。そして、力を使い過ぎると、自分の精神も身体も、ひどく憔悴《しょうすい》することを知った。

(なんで……どうして……)

優真は泣いた。父を、母を、大切な人を救えないことが悔しくて。哀しくて。

父のような、優しい医者に憧れていた。だが、それが小さな胸の中で、「医者になりたい。医者になって、お父さんやお母さんのような人を救いたい」という明確な決意に変わったのは、皮肉にも両親を亡くしたことがきっかけだった。


大人になった今、疲れると、ふとそんなことを思い出してしまう。優真は、とある高級マンションの自動ドアから外へ出た。

空は、真っ赤な夕焼けだった。だからよけいに昔を思い出してしまったのかもしれない。

「ご苦労だったな、優真。次はまた連絡する」

そう言って優真の肩を叩いたのは、亡くなった母の兄、伯父の山本《やまもと》だ。

ねっとりとまとわりつくような、だが、有無を言わせない声に小さく頭を下げて、優真は伯父と別れた。そして、駅の方へと歩き出す。

（今日の『患者』は傷が深かったな。銃創だった。ヤクザかな……）

傷が深ければ深いほど『力』を使う。『患者』は重傷者が多い。だから優真は、いつも心身が疲れている。

——あの夕焼けを見ながら父と約束した力を、優真は今、伯父夫婦に利用されている。

両親が亡くなり、小学二年生だった優真は、母の兄夫婦に引き取られた。そして、すぐに傷を癒やす力を知られてしまったのだ。

怪我をしている子猫を拾った時だった。

『可哀想だけど、伯父さんが猫のアレルギーなのよ。うちでは飼えないから、元の場所に戻していらっしゃい』

だが、子猫はこのままだと死んでしまうかもしれない。

『必要な人にだけ、必要とする人のため』ってお父さんは言ったけど、動物さんはいいよね……。

お父さん猫やお母さん猫はどうしたの？　死んじゃったの？　僕もそうなんだよ——ひとりぼっちの子猫に自分を重ねた優真は、部屋にその子を匿《かくま》い、こっそりと癒やしの力を施した。

だが、ちょうど部屋に入ってきた伯母に、現場を見られてしまったのだ。

みるみる治っていく子猫の傷を目の当たりにして、優しかった伯母は激変した。

「……優真、あなた、なんなの？　……やめて！　気味が悪い！　この子、化け物だわ！」

こうして優真の特殊能力を知った伯父夫婦は、優真を化け物扱いし、そして思いついたのが金儲けだ。

それは、警察や病院に届けることのできない、アンダーグラウンドな怪我の治療だった。

信じていた伯父夫婦に裏切られた代償は、塾や私立医大の学費だった。両親が残してくれた遺産も、欲が高じた彼らの手中に落ちてしまった。

奨学金をもらって、アルバイトをして、自立しようとしたこともある。だが、伯父はせせら笑った。

「今まで面倒見てもらって、まさかそんな恩知らずはないよなあ、優真？　そんなことをするなら、おまえは化け物だってばらしてやるからな。マスコミに売っても面白そうだよなあ」

彼らは本当にやりかねない。伯父たちに支配されて育った優真は、それ以上反抗することができない。世話になってきたのだから、と自分に言い聞かせ、その反対側で、癒やしの力をこんなふうに使ってはいけないんだと思い続けてきた。

だが、医大は辞めたくない。父のような医者になりたい。ひとりでも多くの命を救いたい。それが、両親を救えなかった優真の心の支えになっていた。

そして今、優真は二十一歳になったばかりの、医科大学三年生だ。

大学は一般教養を終え、専門的な授業が始まったばかり。やる気は人一倍あるが、医者になれる日は果てしなく遠く思えた。

（早く卒業して、独立したいな……）

だが、医者になったら、彼らから離れられるのか？

（どうして僕にはこんな力があるんだろう……）

駅の改札を通り抜けながら、優真はため息をついた。その物憂げな様子に、すれ違う女の子たちが目を留める。

小柄で華奢、染めていない黒髪はサラサラしている。瞳は大きめだが、目鼻立ちはスッと整っていて、幼い頃は、よく女の子に間違われたらしい。

『高原くんって地味に見えるけど、きれいな顔してるよね。あの、ミステリアスな感じがいいと思わない？』

大学では、そんなふうに同級生の女の子たちから囁《ささや》かれているらしい。講義でたまたま席が隣になった、名前も知らない同級生に教えられた。

「だからさあ、今日の飲み会行かね？　高原が来るなら、女の子増えると思うんだよなー」

それって客寄せパンダだよね……と思いながらも、優真は冗談にすることもできない。結局、当たり障りなく断った。

「今日、バイトが入ってるんだ。だから悪いけど……ごめんね」

日々、そうやって、『力』を知られないように、ほとんど人と関わらないようにしている。ミステリアスなどと言われるのはそのせいだ。

だから、友人もいなければ、もちろん彼女もいない。かつて、父が尊んでくれたその力を汚してしまったのは僕だ……優真は孤独だった。

そんな優真の唯一の楽しみは、ペットショップに立ち寄ることだ。

幼い頃から、優真は動物が好きだった。おもちゃにじゃれる子猫や、のんびりと寝ている子犬、カラカラと滑車を回し続けるハムスターなどを見ていると、無垢な姿に、ほっこりと心が和む。

特に犬が好きだ。いつか、家族として迎えたいという願いを持っている。人間の家族は、きっと自分には叶わないだろうから。

そんな日がいつ来るかわからないけれど、やわらかな毛皮に顔を埋めて、思い切り抱きしめてみたいなあ、と思う。毎日一緒にいて、散歩して、ブラッシングをして、ご飯をあげて、今日あったことを聞いてもらうんだ。それから一緒に眠って、朝は「おはよう」と話しかけたら「ワン！」って答えてくれる……。そんな生活ができたら、どんなに幸せだろう――優真は温もりに飢えていた。

だが、今日はいつものペットショップに立ち寄る元気もないほど疲れていた。

身体はもちろん、特に心がだ。

優真は、裂傷や刺し傷、火傷などのいわゆる怪我しか治せないのだが、そのことで、今日の客に罵《のの》られたのだ。

『使えねえやつだな。高い金を払うってのに、この役立たずが！』

ついでに持病も治してくれと言われ、伯父にもやってみろと言われた。だが、どうしても病気の類いは治せない。それに、この力は一日に一度しか使えないのだ。集中するほどに体力と精神力を使い、疲弊する。一日に二件を強いられたことがあったが、その時、優真は意識を失って倒れてしまった。

(治療して、罵られて、どうしてこんな思いをしなくちゃいけないんだろう)

アパートに帰り着き、迎える者がいない部屋のドアを開けた。

「ただいま」

虚しいとわかっていても言ってしまうのはなぜだろう。その時、ワンルームの奥の方で、ことんと音がした。あれ、何か落ちたかな？　部屋に入った優真は、驚いて目を瞠った。

ベッドの上に子犬がいたのだ。

犬種はわからないが、ハスキーの子犬に似ているような気がする。白っぽい灰色の毛をしていて、赤いスタイがついた可愛い服を着ている。琥珀色の目がまん丸で、尻尾はふさふさとして身体のわりに大きい。

（うわあ……）

優真はひと目でその子犬に惹きつけられた。なんて可愛いんだろう。

「どこから迷い込んだのかな」

このアパートはペット禁止だし、窓やベランダの入り口も閉まっているのに……。

不思議に思いながらも、優真はその子に触ってみたくてたまらなかった。今日は、特に心が疲れていた。だから、可愛い子犬に触れて癒やされたかったのだ。

（怖がらないかな、大丈夫かな……）

「おいで」

両手を広げて優しく呼ぶと、子犬は怖がることなく優真に近寄ってきた。

「ばぶ」

え？

「ばぶ」

今なんて？

「おいで」

「ばぶう」

何度か繰り返しても同じだ。聞き間違いじゃないよね。確かにそう鳴いたよね。どうして「ワン」じゃなくて「ばぶ」？

それになぜ膝でハイハイしてるんだろう？　っていうか、犬に膝ってある？

違和感が多すぎる。いろいろ変だと思いながらも、優真はその子犬を抱き上げた。そしてさらに驚いた。

違う。ハスキーじゃない。優真はその子を抱いたまま、犬の写真集を引っ張り出した。

狼と犬を交配させたウルフドッグの代表格、チェコスロバキアン・ウルフドッグの子犬に似ているのだ。

だが、顔の部分はもっと豊かな毛並みで被われ、服から出た尻尾は、ウルフドッグのそれよりもふさふさしている。どちらかというと、もっと狼っぽい？

いや、それよりも何よりも、最も驚いたのは、ソファの上で両脚を投げ出してお座りしたことだ。いわゆる犬の「おすわり」ではなく、人間の赤ちゃんそのもの。そしてその子は優真を見上げ、ニコニコと笑った。丸い琥珀色の目がアーチ形に細められ、小首を傾げる。

「あぶぶ」

「か、可愛い……！」

思わず、優真は呟いていた。笑い返すと、嬉しそうに手足をばたばたとさせている。ふと思いつき、優真は両手で顔を隠した。笑ってくれるかな？　ドキドキする。

「いないいない……ばあ！」

しばらくしてぱっと顔を見せると、その子は「あばばばば！」と大喜び。

勢いで「いないいないばあ」をしてしまったが、それほどに、笑った顔が可愛かったのだ。

さらによく見ると、着ているものは、犬用のそれではなかった。ふさふさとした顔の毛皮の下から両足の先までくるんと包まれている。

これ、ベビー服だ。クッキーのジンジャーマンに似てるやつ……確かに尻尾は出てる、出てるけど……。

（もしかしたら、狼と人間のハーフ？）

いや、そんなことは現実であり得ない。じゃあ、この子はいったい……。

「ばぶぶ」

驚きで考えがまとまらない優真を前にして、その子はご機嫌だ。おそらく男の子だろう。可愛い肉球のついた、前足だか手だかを伸ばしてきて、優真の頬をすりすりする。

（あったか……）

驚きのさなかにあっても、そのスキンシップに心が和んでしまう。せつなくて、泣きたくさえなってくる。

（どうしてこんな気持ちになるんだろう……）

その時だった。

――みつけたでちゅ！

突然、頭の中で声が響いた。

えっ？　なに？　思う間もなく、突如つむじ風のようなものが巻き起こったかと思うと、視界を奪われた。優真はその子を抱きしめ、とっさに身体で庇う。

（うわっ、なにこれっ？）

旋回する風の中へ完全に巻き込まれ、身体が浮き上がる。

（この子だけは守らなきゃ！）

考えることなんて到底無理なはずの、驚きを通り越した恐怖感の中、無意識の底で優真は思った。強く思った。まるで、本能が脳に指令を与えたかのように。

つむじ風は激しさを増す。呼吸も奪われそうな風だ。もうだめだと思った時、つむじ風は起こった時と同じように、突然に止んだ――が……。

バシャーン！

次の瞬間、派手な水音と共に、優真は狼赤ちゃん？を抱いたまま、水の中に落ちたのだった。

＊＊＊

今度はなに……水？　じゃない。あったかい。これはお湯だ……お湯？

ぎゅっと瞑《つむ》っていた目を、優真はおそるおそる開けてみた。

「だぁ」

「よかった……無事だったんだね。君が吹き飛ばされたらどうしようかと思った」

腕の中では、狼赤ちゃんがニコニコと笑っている。優真は、ホッと安堵の息をついた。

「おい、そこをどけ」

「はい？」

急に呼びかけられ、優真は反射的に聞き返した。

「はいじゃない。俺の膝の上からどけと言っている。おまえは誰だ？　なぜ上から降ってきた？」

慌てて自分のいる場所を見れば、優真は狼赤ちゃんを抱いたまま、見知らぬ男の膝の上に、対面で抱きかかえられるような格好で座っていた。

お湯だと思ったのは、やっぱり風呂だったようで、自分たちはタイル張りの浴槽らしきものの中にいる。

その男――彼もまた、狼赤ちゃんと同じような姿をしていた。

毛皮に被われた頭部から立ち上がった耳、藍色の目が煌めき、口元には牙が見える。

優真は彼の膝に乗ったまま、何が起こったのかわからないことに加え、彼の迫力に圧倒されて声も出なかった。

胸の辺りまで続く黒灰色の毛皮は、濡れて尚つやつやと輝いている。逞《たくま》しい腕や、厚い胸板、がっしりとした腰、太股……それは優真の知る「人」よりも、野性的で遥かに見事な体軀だった。

彼の裸体越しには、大きな尾が見える。そして、ふと見下ろした股間には立派なものが……。

「うわあああっ！」

「驚くのはこっちだ！　いきなり降ってきたのはおまえだろう！」

「ごごご、ごめんなさいっ」

優真は慌てて、男の膝から飛び降りた。一方、狼赤ちゃんは、優真の腕の中から狼の男に向けて、可愛く笑いかけている。

「だぁ」

男は狼赤ちゃんに向けて、目をつり上げた。

「ルル、おまえ、また勝手にいなくなったな？」

「ばぶう」

「俺が国境から戻るまで大人しくしていろと言っただろう？　身体を清めたら捜しに行こうと思っていたところだ。どれだけ心配したと……」

（この子、ルルっていうのか）

じゃあ、彼はルルの父親だろうか。怒る狼の男にもルルはどこ吹く風で、優真をちらっと見上げる。そしてニコッと笑い、愛らしく両手をバンザイしてみせた。

瞬時に、彼の表情がサッと変わる。

「……もしかして——花嫁、か？」

「ばぶっ！」

ルルは得意そうに笑い、腕を伸ばして狼の男に抱っこをせがんだ。

彼はルルを抱き上げ、肩の上にひょいっと乗せた。そして、優真を見て「そうか……花嫁か……」と呟いた。

（な、なんだろう……僕、何かした？）

しばらく、じっと見つめられる。ややあって、彼は目を伏せ、感慨深げに口を開いた。

「こんなに衝撃的な現れ方をするとは思わなかったが……そうだったのか……」

そして顔を上げた彼は、狼として形容するならば、雄々しく美しい獣だった。彼は、優真に向けて苦笑する。それは、人としてならば、渋い中にも戸惑いがうかがえる笑みだった。

「少し、心を落ち着かせる時間をくれぬか？　俺ともあろうものが、今、おまえの顔を直視できぬのだ。こんな気持ちは初めてだ」

「は、はあ……」

（僕の顔を見られない？　僕に裸を見られて恥ずかしいとか？）

こんなに堂々とした狼の人が？　だが不可避だったとはいえ、超プライベートなスペースである風呂場にいきなり現れたのは自分なのだ。しかも彼の膝の上に……謝らなければと思いながらも、そうなった状況が理解できない優真は曖昧に答えていた。

一方、狼の男はルルのちっちゃな顎の下を指でくすぐってやりながら、浴室を出ていく。

気持ちよさそうに、ルルの目はアーチ形になっている。彼は見事な裸体のままで、濡れた尾が左右に振れていた。別に、裸を見られて恥ずかしかったというわけではなさそうだった。

き、機嫌は良さそうだな……。少しホッとしたら、彼が放つ野獣の迫力に、優真は今更ながらに怖くなって、足が震えてきた。

どうしよう、どうすればいいのか……そして、ここはどこなんだろう。すると狼の男は、さっと振り向いた。

「おまえもこちらに来い。身体が濡れているだろう」

「は、はい……」

先ほどとは違う、きっぱりとした命令口調だった。だが、やはり怒っているのではなく、声も表情も明るい。とにかく言われた通りにしよう……優真は怖々と、彼らのあとをついて行った。

「あ、あの」

「なんだ？」

思い切って声をかけたが、迫力ある狼の顔で振り向かれ、優真は怯んだ。だが、懸命に声を振りしぼった。

「お風呂という私的な空間に、突然あんなふうに落ちてきて申し訳ありませんでした。あれは、その……」

優真が言葉を探していると、彼は「問題ない」と笑った。

「この状況では、それは仕方のないことだ。先ほどはいきなり怒って悪かった。おまえが気にする必要はない。さすがに俺も驚いたがな」

（仕方のないこと？）

釈然としない優真をよそに、彼は「そうだよな、ルル」と再びルルの顎をくすぐる。そして、

「よくやったぞ、ルル！」

彼が勢いよく高い高いをしてやると、ルルは声を上げて喜んだ。

「ばぶっ！」

狼の男に褒められ、ルルはとっても嬉しそうだ。彼も喜んでいる。それは本当に微笑ましい光景だった……が、彼らはいったい、何を喜び合っているのか。

（もしかして、僕を捕まえて、その、食べ……るとか？）

赤ずきんちゃんじゃあるまいし、そんなこと……ないよね、と考え直した優真の耳に、再び彼の声が届く。

「異世界の花嫁が俺の許に……やはり預言は真実だったのだ」

（花嫁？）

その言葉を口にする時、彼の堂々とした声音がふっと緩む。

だが、タイル張りの浴室にも、二人のあとをついて入った、古風な西洋風の間にも、花嫁らしき女の子はいない。狼の女の子らしき姿もない。

今、確かに異世界の花嫁って言ったよね……そして優真は、突如として大変なことに気づいた。

（……僕は、どうして彼の言葉がわかるんだ？）

そして自分も、無意識に同じ言葉を使っている。まるで、いつも通り日本語で会話をしているように。

なんで……？

さらに怖くなってきて、足だけでなく、身体が勝手に震え出す。そんな優真に、狼の男は遥か頭上から声をかけてきた。小柄な優真は、首をうんと上げて彼を仰ぎ見なければならない。

「震えているな。気づけなくてすまない。身体が冷えただろう」

「い、いえ……だい、大丈夫です」

思わぬ優しい声がけだったが、震えていたのはずぶ濡れのせいだけではないのだ。優真はそれだけ答えるのでやっとだった。

「では、先にこいつを着替えさせるから少し待っていてくれ」

タオルのような柔らかい布を頭からふわっと被せられる。彼はその布で優真の濡れた頭を包み込み、ふっと微笑んだ。

「ちゃんと拭いておけよ。風邪をひくぞ」

そんな彼につられて、怖いはずなのに、緊張していた優真の心が緩む。拭くものを貸してもらえてよかった、と思う。

「あの、これ、ありがとうございます」

礼を言うと、男はぱっと優真を振り向いた。だが、目を逸らすように、すぐにルルの方へと向き直ってしまった。

あれ？　何か変だったかな？　だが、気を悪くしたり怒ったりしているような様子ではなかった。

それに、なんだろう。彼の口調や態度が柔らかくなってきている。怖そうに見えるけれど、思ったよりも優しい人なのかもしれない。

その間にも、彼は濡れたルルを拭いて、手早く着替えさせていた。ルルも両手をバンザイしたり、足を上げたり、二人の息はぴったりだ。

「ほら、終わり」

「がるう」

狼の男は、ルルの頭を優しい手つきでポンと叩く。着替えさせてもらって、ルルは気持ちよさそうな声を発した。猛々しい外見に似合わないかいがいしさというか、手際の良さに、優真は感心せずにいられなかった。

「俺が着替える間、ルルを見ていてくれ。その間におまえの着替えを用意させよう」

彼はルルをベビーサークルのようなところに降ろす。ルルはご機嫌で、そこにあったおもちゃで遊び始めた。

（服も貸してもらえるんだ。よかった……じゃあ今はとにかく、ルルを見ていたらいいのかな？）

「ばぶう」

取りあえず、渡された布でざっと髪と身体を拭いた。それから、ルルが差し出したマラカスのようなものを一緒に振ると、シャンシャンと心地のいい音がした。ちょっとリズムをつけて振ってやると、すぐに真似をする。その様子がとっても可愛い。

（でも、どうして僕はここで、狼の赤ちゃんとマラカスを振っているのかな……）

和む一方で、事態が呑み込めない優真をよそに、狼の男はてきぱきと事を進めていく。

「エマ！」

「はい、ただいま」

（うさぎ……？）

呼ばれて現れたのは、ぴょこんと立った耳と、丸い尻尾をもった白うさぎの青年だった。鼻をひくひくさせているのが、まさにうさぎっぽい。超有名なイギリス児童文学に出てくる、時計を持ったうさぎを思い出す。ここにいるのは、狼だけではないらしい。

狼の男は、うさぎ青年に優真の服について指示をしながら着替えている。

彼が立派な体軀を隠そうともせず、堂々と着替えるので、優真は目のやり場に困っていた。友人関係も恋人関係もほぼ経験がないから、こうして他者の着替えを見るシチュエーションに慣れていないのだ。

「がるう」

マラカスの手を止めていたら、ルルが不服そうに声を発した。

「ごめんごめん、はい、シャンシャン」

優真はマラカスを振りながら、おそるおそる、狼の男に声をかけた。

「あの……」

「どうした？」

男は、さっと優真の方に振り返った。その間髪を容れない反応に、優真はまた怯んでしまう。だが、気持ちを奮い起こした。なんといっても、この事態について訊ねることができるのは、彼しかいないのだ。

「こ、ここはどこですか？」

気持ちを奮い起こしたにしては、頼りない問いかけだったが、狼の男は、即座に答えた。

「大陸フラウデルに属する、狼獣人の国、『ガイスト』だ」

「……」

優真は黙り込んでしまった。

フラウデルという大陸は、地球上にはない。では、今いるのは地球とは違う世界なのか？獣人と名乗られ、まさにその通りだと優真は思った。ここは、地球上には存在しない獣人たちの世界で、僕は狼獣人の国にいるのか？　……なぜ？

驚きを通り越し、再び、恐怖感がじわじわと増してくる。我が身に起こったこと、そして見知らぬ世界が怖い。言葉を失った優真に、狼の男は、藍色の目を煌めかせた。

「驚くのも無理はない、異世界の花嫁。おまえは、このルルによって異世界から召喚されたのだ。俺の花嫁となるために」

男はとても誇らしげで、その声は喜びに満ちていた。

どういうこと？

召喚？

聞き慣れないワードに、優真はさらに驚く。それに彼はなんと言った？　僕が彼の——花嫁になるって？

「ぼ、僕は男です。は、花嫁ってどういうことですか？」

「男でも、ルルが連れてきたのだから、おまえは俺の花嫁だ」

彼が至極当たり前に答えるので、優真は自分の方が間違っているような気になってきて、それ以上、訊ねられなくなってしまった。

「ぴえええええええ！」

その時、ルルが突然に泣き出した。痛そうに、肉球をしきりに舐めている。

「どうしたの？」

彼との話は中断し、優真は思わずルルの手を取った。見れば、肉球が傷ついて血が滲んでいる。先ほどのつむじ風に巻き込まれた時、傷つけたのかもしれない。

「怪我してきたのか。エマに手当てするように……」

「待ってください！」

優真はルルの傷ついた肉球をその手ごと包み込んで、祈るように目を閉じた。

今日は既に、癒やしの力を使っている。小さな傷だが、二度目の癒やしを施せば、目眩がするかもしれない。だが、ルルの傷を治したいと優真は思った。

（小さな可愛い肉球……傷が塞がりますように）

ルルは泣き止み、不思議そうに目を瞠っている。しばらくして優真が包み込んでいた手を開くと、ルルの肉球の血は止まり、傷は塞がっていた。

「もう大丈夫だよ」

「ばぶう！」

ルルはバンザイして、ニコッと笑う。そして「ふわあ」と可愛いあくびをすると、コテッと寝入ってしまった。

「寝てしまいました……」

「異世界に飛ぶのは力を使うから疲れるんだ。まだ赤ん坊だしな。しかもおまえを召喚してきたのだから」

――異世界に飛ぶ……。召喚……。

狼の男の言葉を反芻《はんすう》する。自分が置かれている状況に混乱し、怖さを覚えながらも、優真はすやすやと眠るルルの愛らしさに心が温められた。やはり少しふらつくけれど、傷を治せてよかったと思う。

（でも、この子がそんな力を持っているなんて……）

「異世界の花嫁は傷を癒やす力を持つというが、本当なのだな」

一方、彼は優真が首にかけていた布を取ると、再び、頭にふわりと被せた。

「まだ濡れたままじゃないか」

そう言って、優真の髪を拭き始める。

自然な行為だったが、優真は、違う意味の緊張で胸の鼓動が速くなった。両親が亡くなってから、誰かにそんなふうにしてもらったことがないから、距離感がわからない。

しかも、髪を拭いてくれているのは狼獣人だ。近くで見ると、迫力ある美しい容貌に、やはり圧倒される。その戸惑いの傍らで、優真は思った。

伯父たちに化け物扱いされ、普段は隠していた力を、さっき、なぜだか迷うことなく使ってしまった……。

優真は、おそるおそる答えた。

「この力は、子どもの頃からずっと……」

「とても神聖な姿だった。おまえとルルを包む空気が澄んでいて……上手く言えないが」

そして彼は、ふっと優真の髪を拭く手を止めた。

「顔色が悪いではないか。どうした？　気分がすぐれないのか？」

「この力は、一日に一度しか使えないんです。ひどく心身を消耗してしまうので。今日はここへ来るまでに力を使っていて……でも大丈夫です。すぐに回復します」

「それなのに、ルルの傷を治してくれたのだな」

彼は、柔らかく微笑んでいた。

笑うと、外見の猛々しさが和らぐ。意外に人なつこい笑顔だった。そして、その笑顔のままで優真を軽々と抱き上げた。小さな子どもにするような縦抱きだ。

「うわ……っ！」

驚く優真にかまわず、彼はさらに打ち解けた顔で笑いかけてきた。

「俺の名はガーシュ・ダ・ガイストという。この国の王子だ。遠いところをよく来てくれた」

そのまま、ぎゅっと強く抱きしめられる。反動で上半身のバランスを崩しかけ、優真は、思わず彼の肩にしがみついてしまった。

「す、すみません」

謝る優真にかまわず、彼は訊ねる。

「名は？」

「ゆ、ゆうま、です」

時折、頬に触れる黒灰色の毛皮は、見た目よりも柔らかくて心地よい。だが、急に抱きしめられて、優真は心臓が飛び出るのではないかと思うほどに驚いていた。

何が嬉しいのかはわからないが、彼が喜んでいるのがわかるので、彼自身に対する怖さは薄らいできている。だが、抱きしめられたことは、髪を拭かれた時とは比べものにならない、優真にとってはレベルの高すぎるスキンシップだった。

そして、この状況について、もっといろいろ聞きたいのに、完全に彼のペースに巻き込まれてしまっている。ただでさえ口下手な優真は、口を挟むことができない。

「ユーマ」

嬉しさを隠しきれないといった、弾むような声で名を呼ばれる。

「会いたかった」

「あ、会いたかった？　って、僕にですか？」

「ああ、異世界から花嫁がやってくる……どれだけこの日を待ち望んだことか」

彼は、藍色の目を細めて、腕の中の優真を見上げる。

「俺たち獣人とは違う、思った以上に可憐な姿だ。この俺が、他者を見てこのように心揺さぶられるなど、それがどれほどのことなのか、おまえにはわからないだろうが」

優真の首など片手で摑んでしまえるような、大きな手のひらが髪を撫で、頰にも触れてくる。

優しい感触だが、優真は緊張でカチコチになっていた。その上、花嫁、王子、異世界、というワードが頭の中をぐるぐる回る。しかし、さすがに可憐と言われて否定せずにいられなかった。

「でも、ぼ、僕は男です」

「男だろうがなんだろうが、花嫁が来てくれたからには、俺は必ずこの大陸を統一してみせる。フラウデルの覇者になるのはこの俺だ」

ガーシュは、誇らしげに宣言した。そして、彼が言ったことの意味を考える間も、問う間も与えられないまま、顔が近づいてきたかと思ったら、口づけられた。

狼の長い鼻先、その下にある牙を臨む唇が、挟み込むようにして優真の初めてのキスを奪う。

「ん……っ」

肉厚どころではない唇が、優真の呼吸と思考を奪っていく。

（キ、キス――？）

「大切にする。永遠に」

（な、なに言ってるの？　だから僕は男ですって……）

無駄な抵抗には違いなかったが、キスから逃れようと顔を背けたら頭を固定された。長い舌が優真の唇を割って、歯列に触れてくる。反動で口を開けてしまったら、ぬるりと忍び込まれた。

（し、舌が……ッ）

ついに、驚きが許容範囲の目盛りを振り切った。

上手く息も継げず、酸欠でブラックアウト……優真は、そのままガーシュの腕に抱かれて気を失ってしまった。

2

優真が目覚めた時、最初に目に映ったのは、ガーシュの顔だった。

目と目の間を険しくしているが、怒っているのではなく、心配そうな表情なのだとわかる。そんな顔で見守られ、彼の膝の上には、ルルがちょこんと座っていた。

優真は清潔なベッドに横たわり、肌触りのよいナイトウェアのようなものを着ていた。濡れていた髪も乾いてさらさらだ。髪から、肌から、爽やかなハーブの香りがふわりと漂ってくる。

「気分はどうだ？」

「ばぶ？」

ガーシュと一緒に、ルルも真似して訊ねてくれているのだろう。ルルの表情が微笑ましくて、優真もまた、笑顔になった。

「驚きすぎただけだから、大丈夫です」

驚いたのは突然の環境の激変、自分について告げられた状況のあれこれ、そして、締めくくりはやっぱり……。

「口づけに驚いたのか」

そんな、はっきりと言わなくても……っ。

優真は赤くなってしまう。だが、ガーシュは堂々としていた。

「嬉しかったのだ。許せ」

変に言い訳を重ねたりせず、潔い。まっすぐな人なんだなあと感じるが、優真にとってファーストキスの衝撃は大きかった。

初めてのキスに夢をみていたわけではないが、異世界で、相手は獣人で、男で……となると――。

(でも、嫌じゃ……なかった?)

いくら驚いていたとはいえ、本当に嫌だったら、彼が怖かったら、暴れてでも抵抗したはずだ。

その考えに行き着いてさらに顔が熱くなり、優真はますます混乱した。

ああもう――何がなんだか衝撃が多すぎて……だが、今は聞きたいことがある。本当はキス……を思い出すと、恥ずかしくてシーツの中に潜り込んでしまいたいくらいだが、そんなことは言っていられない。

優真はがんばった。恥ずかしさと戦いながら、真面目な顔で自分を見つめるガーシュを見上げた。

「それで、あの、お願いがあるのです」

「お願い? なんだってきいてやるぞ。ああ、起き上がってはだめだ」

身体を起こしかけた優真を再びベッドへと横たえながら、ガーシュは嬉しそうに声を弾ませた。

立派な尾が、ふさっと跳ねる。

あれ? 僕、彼を喜ばせてしまった? 「すみません」と答えながら、期待に満ちた彼に、なんというか申し訳なさを感じつつ、優真は控えめに訊ねた。

「いったい、何が起こったのかを最初から説明していただけないでしょうか……?」

ガーシュの顔から一瞬、力が抜けたが、彼はすぐに王子の威厳を取り戻して表情を整えた。

「異世界の花嫁は、フリューアから、その使命と存在の意味を伝達されるはず……そうか、ルルが赤ん坊だから説明できなかったのか」

（フリューア？）

「あぶ？」

ガーシュは何やらひとりで納得し、ルルのもふもふした頭をくしゃっとかき混ぜた。

「それならば、兄上のところへ行こう。きっと、俺が説明するよりも、詳しくてわかりやすいだろう」

「ガーシュさんのお兄さんですか？」

「ガーシュでいい」

彼はさらりと前置きしてから、兄のことを説明した。

「ルルの父親だ。我がガイストの国王であり、高名な歴史学者でもある」

ガーシュは誇らしげに兄のことを語った。ルルも「ばぶっ！」と嬉しそうな声を上げる。

優真たちは着替えを済ませ、早速三人で、王の部屋へと向かった。


ガーシュが言うには、ルルの母親は既に亡くなっており、現王のセルシュも戦いが原因で傷を負い、病床にあるということだった。ルルはガーシュの甥っ子だったのだ。

「だから俺が兄上の代理を務め、ルルの面倒もみているというわけだ」

ガーシュはなんでもないことのように語ったが、それって、とても大変なんじゃないだろうか。

王様の代わりに、子育てに、そして戦いにも出ているようだし。

すごく有能なんだな、と優真は思う。

（努力もすごくしてるだろうに、まったく驕《おご》らないし、……キスは強引だったけど、でも）

優真はガーシュに抱っこされたルルを見る。彼の逞しい片腕につかまるような格好で、ぶらぶら揺らしてもらってご機嫌だ。

「ルルも思うように兄上に会えないからな、今日はすごく喜んでいる」

こんなに小さいのに、まだ赤ちゃんなのに、もうお母さんがいないなんて。そしてお父さんも病気で……。

だが、ルルはこんなに朗らかで愛嬌たっぷりに育っている。それは、出会ったばかりの優真にもわかった。

(叔父さんに育てられて……僕と似たような境遇なのに……)

「ばぶぶっ?」

ガーシュの肩の上から、なあに? という感じでルルが笑いかけてくる。

(本当に、お父さんに会えるのが嬉しいんだな)

優真もまた、ご機嫌なルルに笑顔を返した。突然放り込まれた未知の世界で、怯え、緊張しながら、一方でこんなふうに自然に笑える自分が不思議だった。

「ところで、よく似合うじゃないか」

「え、そうですか?」

ガーシュに言われ、優真は自分の着ているものを改めて見た。

出された着替えは、こちらの普段着的なものなのだろう。衿の高いチュニックのようなベージュの上着に革のベルト、ボトムは細めで、足元はブーツだ。チュニックには、貝でできたボタンがずらっと並んでいる。着心地はいいが、着慣れないものなので落ち着かない。

一方のガーシュは、同じく衿の高い上着に厚い生地のマントをまとっていた。異世界人の優真が見てもわかる、上質な織物だ。見事な毛皮を肩に流しながらマントをまとった彼は、ワイルドな中にも王族らしいオーラがうかがえて、とても立派だった。

「なあ、ルルもそう思うだろう？」

「ばぶー！」

ルルは勢いよく片手を上げる。「はーい」とお返事しているつもりなのだろう。

「あ、ありがとうございます」

なんとなく照れてしまい、優真は下を向く。

ガーシュが向けてくる言葉は常にまっすぐで、優真は上手く反応できない。ルルに対して自然に振る舞えるのは、彼がまだ赤ちゃんだからだろう。

優真は自分の対人スキルの低さを思い知る。伯父夫婦に抑えつけられて育ったために、自分の気持ちを人に伝えることが苦手なのだ。

ガーシュさんは、そんな僕をもどかしいとか思わないんだろうか。

彼と出会ってここまで、そんな空気を感じないのだ。ふと、そんなことが気になった。


セルシュ王は、ガウンを羽織り、ベッドの上でクッションに身体をあずけた状態で三人を出迎えた。ガーシュよりも明るい色の毛皮が、ふさふさと肩の辺りまで流れている。

体躯はガーシュと比べ細めだが、病床にあっても王の威厳と知性を感じさせる、凛とした狼獣人の男性だった。

「お客人を迎えるのに、このような格好で申し訳ない」

セルシュ王は、優真に優しく話しかけてきた。男っぽくて強引なガーシュと違い、穏やかな雰囲気の人だった。

「兄上、無理して起き上がらなくていい」

ガーシュが横になるよう促したが、セルシュ王は明るく笑った。

「いや、今日は気分がよいのだ。おいで、ルル」

ルルはニコニコしながら、父親のガウンの内側に入れてもらった。その様子がカンガルーの赤ちゃんを思い出させ、可愛くて、優真は緊張していた頬が緩む。

「改めて、私はガイストの王でセルシュ・デ・ガイストという。ようこそガイストへ」

「初めまして。ユーマ・タカハラと申します」

地球から来ました、というのもどうかと思い、それ以上言えずにいると、セルシュ王は微笑みながら答えた。

「ユーマ、そなたは『異世界の花嫁』として召喚されたとガーシュから聞いた。突然見知らぬ世界へ連れて来られて、さぞ不安な思いをされていることであろう」

優しい口調で心細い状況を気遣われる。優真は心がホッとするのを感じた。

「それで、『異世界の花嫁』についてのあれこれをユーマに説明してやってほしい。いくらフリューアといっても、赤ん坊のルルにその伝達は無理だろう?」

さっきから出てくる『フリューア』という言葉はなんだろう。どうやら、ルルのことのようだけど……。

ガーシュの言に、うむ、とうなずき、セルシュ王はルルをカンガルー抱っこしたまま、語り始めた。

「この大陸、フラウデルには、古来『異世界の花嫁伝説』というものがある」

まるでおとぎ話のように、その話は始まった。

だが、確かにこれまで見る限り、ここには電気も水道もなく、部屋の様子も服装も、中世から近世の世界のようだ。それならば、そういう伝説が生きているのもうなずける。

そして、彼らにとってはこちらの世界が基本だから、僕のいた世界が異世界と呼ばれるのか……。

(なんて、分析してる場合じゃない)

身を乗り出すようにして、優真はセルシュ王の話に真剣に耳を傾けた。

「異世界から迎えられた花嫁は、我々獣人に新たな血をもたらし、その特質的な知識と思慮によって、伴侶である王を支える。そして異世界から花嫁を娶《めと》った王は、この大陸を統一する覇者になると伝えられている」

セルシュ王はここで一旦、説明を区切った。

「ここまでで、何かわからないことはあるか?」

新たな血というのは、婚姻のことをいうのだろう。では……。

「特質的な知識と思慮とはどういうことでしょうか」

優真の質問に、セルシュ王はさらに言葉をかみ砕いた。

「異世界の文明には、我ら獣人が見知らぬ物事が多くあるという。花嫁が、その未知の領域を我々に示し、導いてくれるということだ。思慮というのは、そう……伴侶への愛と言うべきか」

「愛……ですか」

ここで愛という言葉が出てくるとは思わず、優真は我知らず呟いていた。優真の隣で、ガーシュはセルシュ王の説明に、深くうなずいている。

「つまり、異種の者が婚姻し、愛し合い、交わることにより、新たな血族が生まれる。その流れの中で、これまで我々が知り得なかった異世界の文化や技術が花嫁によってもたらされ、育まれて、新しい良き国が作られるということだ」

ガーシュが言っていた花嫁とは、そういうことだったのだ。

改めて理論的な説明を聞き、その重厚な使命を知って、優真は恐れ多さで足の力が抜けていくのを感じた。

「では、どうしてそれが僕なのでしょうか……」

そもそも、僕は男なのに――優真が訊ねたその時だった。

ガーシュが優真の腕を捉え、衝撃でよろめきかけていた身体を支えてくれたのだ。

「ユーマ、そんなに不安にならなくても大丈夫だ」

驚き、優真はガーシュの顔を見上げた。わかってくれていたのだ。僕の衝撃と不安を彼は……。

優真が言葉を継げなかったので、少しの間があった。そして、ガーシュは優真の腕からぱっと手を離す。触れられて怖がっていると思われたのだろうか。

(違う、そうじゃないのに)

ガーシュは優真を椅子に座らせた。その様子を、セルシュ王は微笑ましげに見ている。

「また驚かせたか?」

「いいえ……あのっ、手を、貸してくださってありがとうございました」

気遣いのこもったガーシュの言葉に、優真も懸命に応えようとした。そんな、ぎこちないやり取りのあと、ガーシュはがらりと口調を変えて、この場を立て直した。

「おまえがなぜ召喚されたのか、ここからが大事なところだ」

「それには、ルルが深く関係している」

「ばぶぶ?」

セルシュ王に名を呼ばれ、ルルは父親の顔を見上げた。王は、ルルに愛情に満ちた視線を注ぐ。

「一方で、この世界には異世界への空間を飛ぶ力を持つ者が生まれることがある。彼らは『飛ぶ者』ソー・バ・フリューアと呼ばれ、異世界の花嫁を見出し、召喚する使命を担っている」

「それがルルなんですか? まだ赤ちゃんなのに?」

優真の驚きに、セルシュ王もうなずく。

「フリューアの能力は遺伝ではなく、突然変異的に現れるもので、通常は、成長に応じて現れてくる力だ。そして、異世界間を飛ぶことから、物体を移動させる程度まで、力の出方は様々だ。本来ならば、その能力が認められると、特別な教育が施される。ルルのように、生まれた時から飛ぶ力を使えることは本当に稀なのだ。そのためか、ルルのフリューアとしての能力は非常に高い」

「そのおかげで、俺たちは振り回されっぱなしだ」

すかさず、ガーシュが文句を挟む。

「あちこち飛んで、すぐいなくなってしまうのだから……おい、ルルおまえのことだぞ」

「あぶっ」

ルルは負けずに言い返しているようだ。二人の会話がそれなりに成り立っているのが可笑しい。

（そうか、だからお風呂に落ちた時、ガーシュさんはルルに怒ってたのか）

異世界を飛ぶ力、というのはもちろんすごいが、ルルはまだ乳児の域にありながら、他者の言うことを理解している。きっと、知的発達の度合いがとんでもなく高いのだろう。

いわゆる天才児……なんだろうか。だがそれ以前に、愛嬌があって、なんとも可愛いのだけど。

「つまり、能力は高いけれど、幼すぎて力の制御はできないということですか」

「その通りだ」

セルシュ王は深くうなずくが、彼の表情には心配気な影があった。

能力と認識のアンバランス……幼すぎて無垢な故の行動なら、それはもう、周囲は振り回されることだろう。

「大陸の統一は、獣人たちの悲願だ。その願いを叶える異世界の花嫁を見つけ出す力を持つ者となれば、どの国も喉から手が出るほどに欲しい。フリューア狩りといって、彼らを見つけ、法外な値で各国に売りつけてやろうという輩もいる」

フリューアは常に拉致の危険に晒されている。だからこそ、フリューアの存在は国の極秘事項なのだ――と、ガーシュは語った。

「好き勝手に飛んでいれば、いつ攫《さら》われるかわからないということだ」

この大陸には、狼族《ガイスト》の他に、獅子族《デルタス》、鳥人族《エルタ》、猫族《アーシャ》、うさぎやリスなど小動物《セナ》の国がある。鳥人族と猫族は日和見で、小動物たちの国は狼族に保護されている。そのため、エマのように、ガイストで働いている者も多い。

実質は、狼族と獅子族の間で争いが絶えない。つまり、異世界の花嫁をもたらす『フリューア』を擁するか否かは、両国の覇権争いに大きな影響を及ぼすのだと。

（それって、なんだか異世界の花嫁は覇権争いの道具みたいだ）

優真の心に、ふっと影が差す。結局は、伯父たちに力を利用されていたのと大差ないのではないか……。

「話を異世界の花嫁に戻そう」

セルシュ王は水をひと口含んだ。咳き込まないように、ガーシュがその背中をさすっている。

「今回、ルルがユーマの許へ飛んだのは、ルルは無意識であっただろうが、やはり、フリューアと花嫁の間に深い結びつきがある故だろう。ユーマの何かが、ルルを引き寄せたのだと私は思っている」

「そういえば、見つけた！　という声が頭の中で聞こえました。ルルはまだ、言葉を話せないのにでも、声が聞こえたのはその時だけなのです」

「それこそが、両者の結びつきなのだ、ユーマ」

優真を見るセルシュ王の表情は厳かだった。

「両者は離れていても、心で会話ができると言われている。もちろん最初からは無理だが、その関係が深まっていけば……」

「ばぶう」

ルルは父親に手のひらを見せた。ガーシュが誇らしげに説明する。

「ユーマがルルの傷を治してくれたんだ、こう……両手で包み込んで目を閉じて……とても神聖な姿だった。礼を言う。ユーマ、ルルの傷を治してくれて俺も嬉しい」

ガーシュは猛々しい雰囲気を裏切り、優しくそう言った。

神聖だなんて、そんな褒め言葉……優真は目を瞠る。

(嬉しい……)

噛みしめるように感じる。嬉しい。嬉しい——。

「どうした?」

声もなく、喜びを反芻していたからだろう。ガーシュが声をかけてきた。

「赤くなるユーマも可愛いが」

さりげなくガーシュに言われて、頬が紅潮していることに気づく。賞賛されたこと、喜んでもらえたことの嬉しさが、急に、わあっと湧き上がってきたのだ。

(でも、か、可愛いってどういうこと……)

とっさに言葉が継げなくて、口がぱくぱくと動く。きっと、おかしな顔をしているに違いないのに、ガーシュは笑顔のままだった。

優真の心がぐらりと揺れる。

この力を、そんなふうに賞賛され、感謝されたことなどなかったのだ。

優真の中で凍りついていた感情が、ガーシュの言葉によって溶け出していく。いつも、自分は金儲けの道具でしかなく、役立たずなどと言われていたのに。

「花嫁の癒やしの力を施してくれたのか。ありがとう。ユーマ」

セルシュ王も微笑んで礼を言う。ルルも「ばぶっ」と嬉しそうな声を発した。

みんなが喜んでくれている。ガーシュさんだけじゃなくて、ルル、セルシュ王も。優真がルルの傷を治したことで、皆が笑顔になっているのだ。

信じられなかった。気味悪がられるどころか感謝されているなんて。優真は自分に何度も問い直す。だが、皆の喜びは確かに現実だった。

「傷があったとは思えないな」

セルシュ王がルルの肉球に触れ、ルルがくすぐったそうに「ばぶう」と笑う。

「よかったな、ルル」

ガーシュは、ルルの頭を撫でている。

(あの時、思わず力を使ってしまったけれど、それでよかったんだ……)

優真は肩の力が抜けるような気がして、ほうっと息をついた。そして、またじわじわと喜びが湧いてくる。

驚き、照れからそして笑顔へ――優真の表情の変化を目に留めたガーシュが優真を見ると、優真は再び、ほんのりと頬を赤らめた。

「嬉しかったんです」

――必要な時にだけ、必要とする人のためでなければ、この力を使ってはだめだ。わかるね？

父と交わした約束が胸によみがえる。ガーシュは不思議そうな顔をして、そんな優真を見つめていた。

「嬉しいって……何がだ」

「今まで、傷を治しても、こんなふうに感謝されたことがなかったんです」

「感謝して当然じゃないか」

「……当然じゃないこともあったんです」

温かな感情に包まれて、気が緩んだのだろう。優真は内心、焦った。初めて会った人たちに、泣き言のようなことまで言ってしまうなんて。

二人のやり取りを、セルシュ王はただ穏やかに見守っている。ガーシュは、納得いかないという顔だった。

「ユーマ、異世界の花嫁は俺たち獣人のように毛皮や尾などを持たず、自分たちとは全く別の次元の存在とされている。また、覇者の子を産み、未来をつなぐもの、傷を癒やすものとして、獣人たちの憧れの存在だ。そして、無防備なその姿故に、守らずにいられないんだ」

ガーシュは真摯に、異世界の花嫁について説く。それは優真に、だから誇りを持てという意味もあるのだろう。

その思いはとても嬉しくて、心が軽くなる。だが一方で、ガーシュの言う花嫁は、いわば女神のようなイメージだ。やはり自分には、どう考えても当てはまらない。

そして、優真には、どうしてもわからないことがあった。

異種の者が婚姻し、愛し合い、交わり、新しい血族が生まれ……ガーシュも、花嫁は子を産むことで未来をつなげるのだと言った。それでは、花嫁はどうしても、子どもを産まなければならない。

「ガーシュさん、ありがとうございます」

「ガーシュでいいと言っただろう。それに、もっと気楽に話せ」

優真は困ったように曖昧な笑みをガーシュに返し、そしてセルシュ王に訊ねた。

「でも、僕は男だから、当然、子どもは産めません。それなのにどうして……」

セルシュ王は、包み込むような深い瞳で、大きくうなずいた。

「男である君が、花嫁として召喚された。私は、それこそが運命なのではないかと思う。きっと、そこに大きな意味があるのではないかと……。君たちは、男同士であっても結びつかねばならないほどに、深い絆を持ち合わせているのだ。とにかく、フリューアの目に間違いはない。運命は、君たちに何かいたずらを仕掛けたのではないかな？　もしかしたら試練かもしれないが。私も、もっと掘り下げて調べてみよう」

セルシュ王の語りは心に染み入るようだったが、事は、『運命』として進んでいく。

驚きの連続の上に、正直、釈然としないところはあるが、自分になんらかの使命があり、ここへ召喚されたらしいということはわかった。この世界の言葉がいきなり理解できたのも、そのためだろう。

出会った彼らが、優しい人たちだというのは嬉しい。だが、右も左もわからないこの世界に不安があることには変わりないし、ここにいると、当然、大学には通えない。医者になる夢が、その分、遠のいてしまう。たったひとつの生きる希望だったのに……それは、優真にとって絶望感と同じだった。

だが優真は、「帰りたい」とは言い出せない雰囲気に呑まれてしまっていた。

性格的にも、そういう自己主張は苦手だし、ルルはまだ、意志をもって飛べないらしい。ということは、今は帰る術はないのだ。

現実を受け止めるのに精一杯で、優真はがっくりと肩を落とした。帰れないんだ……心の中で味気なく繰り返す。

絶望、不安——諸々の感情を感じ取ったのか、ガーシュは優真の両肩に手を置いて、じっと見つめてきた。

「見知らぬ世界で不安になるのは当然だ。だが、俺がついているから何も心配することはない。安心して俺の側にいろ」

ガーシュはそう言ってくれた。口調は尊大でも、自分に対する彼のひとことには、優しさや心遣いが裏打ちされていることは、もうわかる。

きっとガーシュさんは僕を案じてくれている。

だが今は、自分の気持ちをギリギリで保っていて、気を緩めると——たとえば、ガーシュに頼り切ってしまうと、泣きくずれてしまいそうだったのだ。

包容力を湛えた逞しい胸は、きっと自分を受け止めてくれるだろう。そう思ったら——。

(どうして……)

優真は、初めての感覚に戸惑っていた。今日、会ったばかりの人なのに、最初は自分と違うその姿に怖れを抱いたのに。それなのになぜ——。

「ガーシュ、何よりも彼をいたわり、事を急いて無理強いをしてはならない。ユーマの気持ちを大切にすることが最優先だ」

「わかっている。兄上」

ガーシュの答えに、王は深くうなずいている。とにかく、今は彼らを頼らせてもらう他はないのだ。

「取り急ぎ、ユーマの部屋だな」

自室に戻って、ガーシュがエマにいろいろ指図をしている間、優真は眠ってしまったルルを見ていた。ガーシュに抱いた思いも気になるが、ルルと出会ったことから全ては始まったのだ。

（この子が、僕と深い結びつきがあるなんて……）

すうすう寝息をたて、時折、むにゃむにゃと何か言っている。豪快な寝相で蹴っ飛ばした毛布を、優真はそっとかけ直してやった。

ルルの寝顔を見ていたら、先ほどまでの不安や、泣きそうだった心が、すうっと落ち着くような感じがした。あんなに絶望していたはずなのに、気がついたらルルに癒やされている。

『ばぶう』と声を発する時の可愛い笑顔。手をぱちぱち叩いたり、抱っこをせがんだりする、愛らしい仕草……。寝顔を見ていたら、その一つひとつが頭に浮かんできて、胸がぎゅっと痛くなるほどだった。

どうして、ルルにこんなに惹きつけられるんだろう。それは、ガーシュに頼りたいと思うのとは、また違う感覚だ。

やっぱり、最初に出会ったから？　だが、そんな簡単な理由ではないように思う。

（もっと、ルルのことを知りたいな……）

帰りたいと思う心を持ちながら、身体の奥のほうからそんな思いが湧いてくるのだ。それは、優真の心に温かくてせつない混乱を起こしている。

ルルの小さなベッドのすぐ側には、ガーシュのベッドがある。

寝かしつけまでやってるんだ。本当に子育てしてるんだな……そう考えた時、ふと優真の心に、ある考えが浮かんだ。

（帰れないならば、いつまでかわからないけれど、しばらくここにいるのなら……）

「ユーマ様、お部屋の準備が整うまで、こちらでおくつろぎください」

ちょうどその時、エマが二人分のお茶を用意してくれた。ハーブの香りがするお茶に、焼き菓子が添えられている。そういえば、ここへ来て食べ物を口にするのは初めてだ。

ガーシュと向かい合い、優真は先ほど思いついたことを切り出そうと試みた。

上手く言えるかな……優真にとって他者に提案をするというのは、自分の気持ちを表すよりも、さらに力を要することだ。

「あの……」

「食べないのか？　美味いぞ」

「……いただきます」

出鼻をくじかれてしまったが、異世界の焼き菓子はほろほろと甘く、お茶は清々しくて美味しかった。美味しいものを食べると気持ちがほっこりとする。心が落ち着いて、優真はもう一度、ガーシュに話しかけることを試みた。

「ガーシュさんは、いろいろ、お仕事をしながらルルの世話をしているんですよね」

「ガーシュでいいと言っただろう」

これで何度目のやり取りか。ガーシュは明らかに不服そうだ。

「でも、王子様だと聞きましたし、今日初めて会った方をそんなふうに呼べないです」

「俺がそう呼べと言っているんだ。変に気を遣うな」

呼び捨てにするまで、あとには退かないという感じがうかがえる。

(困った……)

これまで、彼女はもちろん、友人関係も希薄だったので、人を呼び捨てにしたことがないのだ。

だから、それはとても高いハードルだった。だが、彼に嫌な思いをさせるのなら……。

逡巡《しゅんじゅん》したのち、優真は目の前のハードルを『えいっ！』と跳び越え、「わかりました」と答えた。

「では、あの、ガーシュ」

「もう一回呼んでくれ」

とたんに、ガーシュは笑顔を見せた。

すごく嬉しそう……こんなことで喜んでくれるの？　望まれるまま、優真はもう一度、控えめにその名を呼んだ。

「……ガーシュ」

「ああ」

ガーシュは満足そうに口の端をほころばせる。

優真は安堵し、彼の嬉しそうな顔を見ることができてよかったと思った。自分が、誰かを笑顔にできる、そのことが嬉しかったのだ。

一方、ガーシュは先ほどの話の続きを始めた。

「それで、さっきの話だが、兄上とも話したように、ルルの能力は極秘事項だ。この城の中でも、ごく一部の者しか知らない。だから秘密が漏れないように、俺が自ら世話をしている。……そうだな、知っているのは、ユーマを入れて、ざっとこれくらいか」

ガーシュは片手で指を折って数えてみせる。

その手は、ルルよりも肉球は小さく、爪が鋭い。成長に連れてそうなるのだろうか。

「それに、何よりも、ルルを育てるのは兄上に対する俺の責任だ。兄上はいつも俺を慈しみ、導いてくれた。兄上は俺の鑑だ」

きっぱりと言い切るガーシュに、優真は一瞬、目を奪われてしまった。

堂々として、自信に満ちた目が煌めき、そして兄への尊敬がうかがえて、とても立派だと思ったのだ。

そんな自分に戸惑って、優真は、やや早口になった。

「ガーシュがいない時はどうしているんですか？」

「主にエマだな。あいつはああ見えて、なかなかの手練れだ。これからユーマの世話と護衛もすることになる」

エマさんが？　手練れと聞き、見るからに穏やかな、うさぎ青年の顔を思い出して優真は驚いた。

「だが、ルルは俺の言うことも聞かないくらいだから、相当エマを困らせている。エマは他に任務もあるしな。それで、良い機会だから……」

「そのことなんですけど！」

思わず大きな声が出た。自分でも驚くくらいだった。言うなら今だと思ったからにしても、自分にこんな積極性があったとは。

「ガーシュがいない間、僕にルルの世話をさせてくださいませんか？　でも、あの、もちろんエマさんの手を借りないと無理な時はあると思いますが……」

勢いで言い出したものの、最後の方は、しぼんでしまった。お節介だったかな、厚かましかったかな、様々なことが急に心配になってしまったからだった。

だが、ガーシュはにやりと不遜に笑った。

「今、俺もそう言おうと思っていたところだ」

「ほ、本当に？」

「ああ。フリューアと花嫁には強い結びつきがあると兄上も言った。ユーマがルルと共にいることは必然だ。それに、俺がいない時だけじゃない。俺がいる時もだ」

そう言って、ガーシュは立ち上がった。逞しい腕で、椅子に座ったままの優真を肩から抱きしめる。そうして、もう何度も聞いた言葉をまた繰り返す。

「ユーマは俺の花嫁だから」

顔が近い……抱きしめる腕は優しくはあるけれど、一方で力強く、優真が振りほどけるようなものではなかった。だが、男に、しかも獣人に抱きしめられて、驚きや戸惑いはあるものの、逃げ出したいような嫌悪や恐怖などは感じなかった。それよりも――。

（あったかい……毛皮のせいかな）

出会って間もないが、ここへ来て、ガーシュやルルと触れ合い、優真はスキンシップの温かさを知り始めていた。だが、そんな自分の心に気づいてはいない。

だから、そうされるのはやっぱり恥ずかしいし、抵抗もある。ガーシュの腕の中で矛盾した心を抱え、優真は硬直していた。

「ずっと思っていたのだが、いちいち、その初心な反応はなんなのだ？　こういうことに慣れていないのか？」

「……」

　優真は顔を赤くしてうなずくしかなかった。

　この異世界で、優真はガーシュを頼りにしている。だが、花嫁になると承諾していないのだから、抱きしめるなどの行為はやめてくださいと言いたかったし、そもそも男同士だからと言っても通用しない。

「俺は嫌いじゃないがな」

「好きとか嫌いとか、そういうことでは……」

　変わらず不遜なガーシュに対し、優真は赤くなったままで答えていた。

　言い返すとかそういうことではなく、自分の気持ちは伝えたい、わかってもらいたかったから。苦手だったはずなのに、最初は怯んでいたのに、今はガーシュにわかってもらいたいと、気持ちが前向きになるのだ。

「それに、今は、ルルの話をしていて……」

　勇気を出してそう言うと、ガーシュもまた、話を切り替えてくれた。

「ああ、そうだったな」

　少しずつだが、ちゃんと会話ができるようになってきたような気がする。その思いのもと、優真は自分の心の内を声にした。

「ルルと僕の間に深い結びつきがあるというのなら、もちろん、それを知りたいと思います。それに……」

両親と縁の薄かった自分とルルが重なる。ルルにはガーシュがいて、病気といえど、父もいる。でも、でも……。

言葉を詰まらせた優真に、ガーシュは何も言わなかった。自分のことを何も知らない彼に対して、優しい言葉を望むべくもないが、彼が何も言わないでいてくれるだけで優真には十分だった。

「僕も……子どもの頃に両親を亡くしたんです」

ああ、何を言ってるんだ。言いたいことが支離滅裂だ。

しばしの沈黙が訪れる。

ガーシュは、優真が急に何を言い出したのか、訳がわからないのだろう。だが、ややあって返ってきた彼の声も口調も、穏やかだった。

「ルルの世話をよろしく頼む。俺がいない時も、いる時も」

見上げたガーシュの藍色に近いブルーの瞳は、とてもきれいだった。宝石みたいだ……こんな時なのに、思わず見入ってしまうほどに。

「そうやって、なんでも俺に言え」

ガーシュは優真を腕から解放し、代わりに髪の毛をくしゃっとかき混ぜた。ルルによくやっている仕草だ。

「異世界の花嫁は、いつか結ばれる相手のために、清らかなままで召喚される日を待っているのだと聞いたことがある。その通りで、それが嬉しいと思っただけだ」

清らかって、嬉しいってそんな……。

いい年をして、そういう言葉に反応して、いちいち頬が赤くなってしまう。確かに僕はキスすら初めてだったけど、清らかというのはもっとこう……。

なんでも言えと言われたものの、そんな生々しいことを言えるはずもない。そこにエマが「お部屋の用意が調いました」と呼びに来て、優真はホッとした。

部屋までは、ガーシュが連れていってくれた。そして扉の前で、優真をいたわるような目で見下ろした。

「とにかく、今日はゆっくりと休め。何かあればエマに言えばいい」

「ありがとうございます……おやすみなさい」

優真の声が小さくて聞こえなかったのか、ガーシュはそれ以上何も言わず、その場を立ち去った。

緊張の糸が緩み、ベッドに入ったとたん、睡魔が襲ってきた。心地よい寝具に顔を埋め、優真は何を考える間もなく、なだれるように眠りにおちる。

こうして、優真の長い一日は終わったのだった。

＊＊＊

「ばぶばぶばぶー！」

異世界生活二日目。朝から、優真はルルの熱烈大歓迎を受けた。

ルルはちょうど朝ごはんを食べているところだったが、大喜びでテーブルを支えに椅子から立ち

上がろうとして、ガーシュに叱られた。

「座って食べろ。ユーマはどこにも行かないから」

「ばぶっ?」

「おはよう、ルル」

笑いかけると、ルルの琥珀色の目がキラッと輝いた。そして、テーブルの自分の隣を、小さな手のひらをめいっぱいに広げて、ばんばん叩く。

(ここに座ってって言ってるんだな)

優真が示された場所に座ると、ルルはニコッと笑った。

——ユーマはルルのおとなりでちゅ。うれちいでちゅ!

「えっ?」

今、間違いなくルルの声が聞こえた。聞こえたというより、頭の中に響く感じで、最初の時と同じ感覚だ。

「なんだ?」

訊ねたガーシュの声は、少し不機嫌だった。何か気に障るようなことをしただろうかと、思い巡らしながら優真は答える。

「今、ルルの声が聞こえた……と思うんです」

「兄上が言っていた、心で会話というやつか」

「わかりませんけど……僕の隣で嬉しい、みたいな」

「嬉しい?」

ルルを挟み、二人で話している間にも、ルルは豪快にスプーンをスープ皿の中に突っ込み、パンを頬張っている。赤ちゃんがこれは危険だと、優真はルルに言い聞かせた。

「そんなに口の中に詰め込んだらダメだよ。喉に詰まっちゃったら息ができなくなるからね。ほら、よく噛んで。ちょっとお水飲もうか」

ルルは言われたとおりにカミカミし、両手で陶器のコップを持ってごっくんと水を飲んだ。優真は、その背中を優しくさすってやる。

「うん、じょうずじょうず」

ルルは褒められて笑顔全開。「あぶー」と満足そうに声を発している。

ほどなく優真の朝食が運ばれてきた。昨日の焼き菓子もお茶も美味しかったが、朝食のパンやスープも、添えられた果物も美味しかった。

異世界の食べ物が、元の世界とそれほど変わらないのはありがたい。それよりも、こんなに温かくて美味しい朝食を食べたのは、本当に久しぶりだ。誰かと囲むテーブルというのも何年ぶりだろう。

伯父たちとは食事は別だったし、ひとり暮らしを始めてからも、いつもは食パンとコーヒー、面倒な時はゼリー飲料だけなんてこともあった。昼や夜も同じで、これじゃいけないと思ってはいたけれど、ひとりの食事は何をしても味気ないものだった。

朝食を食べながら、優真は先に食べ終わったルルの口元や手を拭いたりと大忙しだった。だが、それもまた楽しかったのだ。

「ルル様、今日は残さず食べたのですね」

空になった食器を見て、エマが驚いている。

「普段はご気分で食べなかったり、好き嫌いもけっこうあるんですよ」

「そうなんだ。全部食べてえらいね」

「ばぶっ！」

得意そうな顔のルルが可愛くて、優真は思わず目を細める。

「ユーマ」

ガーシュは、お茶のカップを置き、立ち上がった。優真を呼んだその声は、尊大というより、どこか尖っているように聞こえた。

「な、なんですか？」

「食事が済んだら、ルルのことで話があるから俺の部屋へ来い」

言い捨てるようにして、ガーシュは食堂を出ていく。高圧的とまではいかないが、怒っているように感じる。

（さっきからどうしたんだろう。何がいけなかったのかな）

これまではずっとガーシュがルルの世話をしていたのに、急に出過ぎたことをしてしまった？

心配な気持ちが顔に出ていたようで、エマが「あの……」と、おずおず声をかけてきた。

「恐れながら、ガーシュ様は、ユーマ様にご自分のお隣に座ってほしかったのではないかと……つまり、ユーマ様を真ん中にして……」

「えっ！」

それはどういう……席順とか、そんな決まりでもあったのだろうか。エマに訊ねると、彼は耳をぴょこぴょこ振りながら答えた。

「いえ、特にそのような決まりはないのですが、ユーマ様はガーシュ様の花嫁になられる方でありますし、そうしていただきたかったのではないかと……申し訳ありません。出過ぎたことを申し上げて」

「そんなことないです。教えてくれてありがとうございます」

花嫁として隣に座ってほしかったって、それじゃまるで拗ねて……いや、怒ってる？　優真はぐるぐると考える。それって……彼にとって、そんなに腹が立つようなことだったんだろうか。王子としての彼のプライドを傷つけた？

空気を読めなかった自分を反省しながらも、「でも、僕は彼の花嫁になると決めたわけじゃない」という考えが頭をもたげてくる。

「とにかく、ルル様がご機嫌のうちに……今のうちに行かれた方がよろしいかと思います」

二人の横で、ルルは哺乳瓶のようなものをひとりで持ち、ちゅっちゅと吸っている。

「そうですね。ありがとう、エマさん」

優真はエマにルルを託し、ガーシュの部屋へと足を向けた。


「遅くなってごめんなさい！」

ノックもそこそこに、息せき切って優真がガーシュの部屋の扉を開けると、ガーシュは椅子に座ったままで振り向いた。その顔は……やはり、あまり機嫌が良くないように見える。

「ルルが……離れてくれなくて」

優真の腕には、ルルが抱かれていた。あれから大泣きされて、結局置いてこられなかったのだ。

「そんなにユーマが気に入ったか」

「あの……」

朝のことを謝るのも、あくまでも推測だし……。

ガーシュはルルの頭をくしゃくしゃかき回し、可愛く立ち上がった耳の付け根をくすぐった。ルルは、きゃっきゃと嬉しそうに声を上げて喜んでいる。

……ガーシュ、怒って、はいないのかな？

「花嫁とフリューアは、本当に結びつきが強いのだな。妬けるくらいだ」

「や、妬けるとかそんな……」

「当然だろう。おまえは俺の花嫁なんだから」

また当たり前に『花嫁』だ。優真は『花嫁』と言われると、心にちくっと痛みを覚える。だが、ガーシュは淡々と話し始めた。

「ルルがそれだけ懐いているならちょうどいい。俺は明日からしばらく城を留守にするから、その前に、ルルについて話しておきたいことがある」

「しばらく？　どれくらいですか？」

「日を十数えるくらいだ。国境の前線を見に行く」

「前線ということは、戦いですか？」

「そうだ。突っ立ってないでとにかく座れ」

僕は今、なんでこんな積極的に訊ねているんだろう。

優真は自分に戸惑った。そんな優真に、ガーシュは追い打ちをかけてくる。

「俺のことが心配か？」

「それは……戦いなんて聞いたら心配します。ね、ルル？」

思わず、膝の上のルルに助けを求めてしまった。ルルは小首を傾げ、「あぶ？」と優真を見上げる。

これは、僕がガーシュの『花嫁』だから心配だっていう意味じゃない。それが誰であっても、危険なところへ赴くことがわかっていたら心配だし、心が痛む。

「もし怪我をして帰ってきたら、俺を癒やしてくれ。そうすれば安心して出かけられる」

「僕にできることでしたらなんでもします」

ガーシュは優真にぐいぐい攻め込んでくる。この距離感に慣れない。だが、ここにいる間、自分にできることがあるなら嬉しいし、一生懸命やりたい。

そう思っても、『花嫁』という言葉がのしかかって、肩に力が入ってしまうのだ。今だって、花嫁云々がなければ、「気をつけて行ってきてくださいね」とか、もっと自然に言えただろうに。

「で、ルルのことだが」

そうだ。本題はそこだ。

共にルルの世話をすると言ったものの、ルルの場合は、単に遊び相手をしていればいいというものではない。

そう思うと、ガーシュが留守にするというのは不安だった。先ほど、ガーシュの不在について積極的に訊ねてしまったのは、自分の心配の表れだったのだ。何しろ、ルルを狙うあらゆる者たちから、ガーシュに代わって、ルルを守らねばならないのだから。

「ルルがまだ赤ん坊だとかそういうことに関係なく、とにかく、頻繁に言い聞かせてほしい話がある」

「ルルと約束をするのですか？」

「そんな生易しいものではない」

ガーシュは優真の言葉をバッサリと否定した。その語気に、優真は思わず身震いするほどの緊張感を覚える。ガーシュの表情は怖いほどに真剣だった。

「これは、こいつの命にかかわることだ。どうしても守らせなければならない。約束では足らない。こいつがもっと年がいっていれば、誓いを立てさせるところだ。おまえに、その心構えを話しておきたい」

優真は顔を上げることができなかった。

正直、そこまでわかっていただろうか。ルルを守るという意味を。それは、僕が思っているよりもずっと緊迫したことなんだ。

心構えと言われ、優真は猛省した。セルシュ王からも、あれだけ丁寧に説明を受けたのに。託されるということ。その信頼感。ガーシュの不在を不安がっているようではいけないのだ。優真は、自分の甘さを痛感した。ガーシュの信頼に応えたい。そう思ったら、自分に腹が立って泣けてきた。

一方、ガーシュは優真が涙を堪えていることに気づき、一瞬、目を見開いた。

「泣くことないだろう」

その口調は、怒っているように感じられた。当然だ。泣いているようでは務まらない。でも、怒られることにも、けなされることにも慣れている。慣れているはずなのに。

眠くなったのか、ルルはあくびをして、うとうとしている。起きているルルの前でこんな姿を見せたら不安にさせてしまう。それだけが救いだった。

「な、泣いてないです……っ」

「泣いてるじゃないか……」

「これは……」

優真は、零れてしまった涙を手の甲で拭った。

「僕の、考えが、甘かったことが許せなくて……」

「どういうことだ？」

「本当の意味で、ルルの世話をするということが……僕はきっと、わかっていなかった……ここにいる間、あなたの役に立てればと思って、ルルともっと仲良くなりたくて……きっと、それだけしか、思っていなくて……」

ガーシュに対して、ルルに対して、どうしてこんなに泣けるんだろう。今まで、悲しくても辛くても涙なんて出なかったのに。

「あー……」

ガーシュはふさふさとした頭の毛皮をかきあげた。いつも威風堂々とした彼が、困っているように見える。

「うまく言えないが、それは、おまえがそうやって泣けるほどにルルや俺……のためを考えてくれているからではないかと思うが。それに、俺からすれば、この未知の世界に飛ばされて自分のことで精一杯だろうに、そうやって他者のことを思いやれる、そんなおまえの優しさは素晴らしいと思う」

「ガーシュ……」

思いもしなかった返答に、優真は少なからず驚く。

「それに、俺はこういう偉そうな言い方しかできない。それがおまえを傷つけていたなら謝る」

「そんな、謝るなんて……悪いのは、考えが甘かった僕で——」

「もういい」

ガーシュは大きな手のひらをそっと優真の頭に置いた。

「それ以上言わなくてもわかったから。自分を責めるな。とにかくルルの話だ」

「……はい」

——自分を責めるな。

その言葉、肩に置かれた手の温もりはすっと自然に優真の心に入り込んだ。泣いたことで心も軽くなっていた。涙には浄化作用があるという。ガーシュが今そうしてくれたように、受け止めてくれる人がいるから、心が洗われて軽くなるのかもしれない。

ガーシュは場を仕切り直すように、咳払いをした。

「まず、第一に、『力を抑える、制御するということ』だ。こいつと暮らしてみればわかると思うが、とにかく、本人はいたずらや遊びの延長で、勝手に飛んでいなくなる。攫われるかもしれないという、身の危険があることを分からせたい」

「セルシュ様に話をうかがった時に言っておられたことですね」

「そうだ」

気持ちや気分、感情をコントロールすること――。ルルくらいの年齢の子に、それはとても難しいことだ。

だが、ルルの知能はきっととても高い。何度も丁寧に言い聞かせれば伝わるかもしれない。何よりも、僕とルルの間に深い結びつきがあるというのなら。そしてもうひとつは……。

「絶対に、黄泉《よみ》の国に飛んではならないということだ」

「黄泉の国って、死者の国のことですか？」

「ああ」

ガーシュの顔は、怖いほどに真剣だった。

「フリューアは異世界だけでなく、亡骸を介して黄泉の国に飛ぶことができる。だが、黄泉の国に入ってしまったら、もう戻ることができない。媒体となる死者の身体がなくなるからだ」

「……それは、黄泉の国でフリューアも死んでしまうということですか？」

訊ねながら、優真は背中に寒気が走るのを感じていた。

「わからん。そこでフリューアがどうなってしまうのか……ただ、戻ってこられないということは確かだ」

ガーシュは、優真の膝の上で眠ってしまったルルを抱き上げた。

ふっと首を持ち上げたルルは、ガーシュの肩に頭をあずけ、再び気持ちよさそうに眠りにつく。

ガーシュはルルの頭を何度も何度も撫でた。ルルを見るガーシュのまなざしは優しく、優真は胸に熱いものが込み上げるのを感じた。

まだ出会って二日だけど、僕もルルが可愛い。可愛いだけではなくて、やはり自分にとって特別な存在なのだと心のどこかで感じる。だって、頭の中で声が聞こえたんだ。

ガーシュの、セルシュ王の、そして僕の大切なルルを守りたい。

それは、先ほどまでの甘い認識ではない。使命であるといってもいいほど、確かな気持ちだった。

心の底から、ふつふつと湧き上がってくる。

「わかりました。ルルにはしっかりと言い聞かせます」

「頼むぞ」

もう一度うなずいて、そこで会話が途切れてしまう。

ガーシュは二人が向かい合っていたテーブルに地図のようなものを広げ、見入り始めた。

もう、優真への話は終わったということなのだろう。自分ありきのマイペースさであるが、王子たるもの、そういうものなのかもしれない。だが、優真は席を立つタイミングを完全に失ってしまった。

寝てしまったルルは、エマが迎えに来ていた。熱心に地図に見入る彼に声をかけるのもためらわれ、優真は仕方なく、そうっとその場を立ち去ろうとした。

（えっ？）

去ろうとした優真の手は、ガーシュにぎゅっと握られていた。行くなとも待てとも言わず……だが、引き留められたのは確かだった。

優真の手を握ったまま、ガーシュは地図の上に線を引き始めた。まっすぐでなく、起伏のある線だ。

「これが国境線……明日から俺が行くところだ。そして、今いる場所はここ」

そうして、地図の一地点にマルをつける。

一方、優真は手をふりほどくことができなかった。強い力で拘束されているわけではないのに。

ただ、大きな手のひらに包み込まれている。

どう反応していいかわからない。だがそれは、やはり嫌な感覚ではなかった。

「遠いところへ行くんですね」

そう言うのがやっとだった。実際、地図に示された大陸フラウデルは広大で、中でも、このガイストは大きな領地を有している。

自分の知る世界とは違うその地図は現実味がなくて、おとぎ話の一ページのように思えた。

僕のいた『異世界』は、この地図上にはない世界なんだ……。

急に、どうしようもなく寂しくなって、優真は唇を噛む。

この世界にいる間の使命を、ガーシュと確認し合ったばかりだ。だから彼にそんな顔は見せられないと思った。寂しさを堪えて歪んでいるに違いない顔を隠そうと、下を向く。手はつながれたままで。

「国境付近は殺伐としているが、途中、花が咲き乱れる美しい高原がある。いつか、花嫁に見せたいと思っていた」

ガーシュは優真の寂しそうな様子に気づいているのか、いないのか。

それは、一緒に行こうという誘いなのだろう。だが、優真の心は晴れなかった。彼が連れて行きたいのは、花嫁である僕だからだ。

（見てみたいな、花が咲き乱れる高原……きれいだろうな）

花嫁にならない僕は、その風景を見ることはできない。そう思うと、優真の心の中を冷たい風が吹き抜けていった。


そうして次の日から、ガーシュは国境の視察へと出発し、優真とルルの生活が始まった。

ルルは優真にべったりで、ガーシュを見送る時にも、優真に抱かれてご機嫌だった。

「じゃあルル、行ってくるからな」

「あぶー」

「ユーマやエマの言うことを聞いて、いい子にしてるんだぞ。じゃあ俺は行くからな」

どこ吹く風のルルの様子に、ガーシュは言い含めるように繰り返す。だが、ルルは相変わらずだ。

ガーシュの心を察し、優真は慌てて取りなした。

「ほらルル、ガーシュに行ってらっしゃいしようね」

「ばばばー」

ルルはニコニコしながら、ちっちゃな手のひらをぶんぶん振って「バイバイ」をする。

「……行ってくる」

「行ってらっしゃい……」

（ぐずって欲しかったんだろうな……）

威厳あるガーシュの背中に、心なしか哀愁を感じた優真だった。

「エマさん、ここにカップって置いてなかったですか？」

優真がテーブルを差して訊ねると、エマは花瓶に花を生ける手を止めて振り向いた。

「すみません。私は存じませんが……。私がお部屋に入った時には、テーブルの上には何もなかったかと思いますが」

「あれ？　おかしいなあ。確かにここに置いたのに」

優真が首を傾げると、エマは、両手をぽん！　と叩いた。

「もしかしたら、またルル様かもしれません」

「ルル？　また？」

「はい、よく、こうしていたずらなさるんです」

エマはニコニコしているルルを抱き上げ、めっと叱ってみせた。

「ルル様、ユーマ様がお困りですよ。カップをどこへ動かされました？」

えへへーという感じで、ルルは本棚の一番上を指差した。エマが背伸びしてやっと届く場所に、確かに、優真が水を入れたままのカップが発見された。

「えっ、どうやって動かしたの？　ルルが届かない場所なのに？」

驚く優真に、エマは説明する。

「これも、ルル様のお力なのです」

「物を移動させることが？」

「はい。他にも……」

椅子が天井裏から発見されたり、片づけておいたはずの鍋が枕の上に置いてあったりなど、日常茶飯事なのだという。

確かにその日だけでも、花瓶に生けられていたはずの花が宙に浮いていたり、代わりにマラカスが挿してあったりなど、優真はそのたびにびっくりさせられた。

（そう言えば、セルシュ様も「異世界間を飛ぶことから、物体を移動させる程度まで」と言っておられたっけ……）

ルルは終始ニコニコしながら、大人の反応を見て、手をぱちぱち叩いて喜んでいる。

もちろん他意はなく、これくらいの子どもにみられるいたずらだと思うのだが、とにかく、その内容に度肝を抜かれるのだ。

優真は、こんな小さな子に関わるのはもちろん初めてだ。

晴れて医者になった時のことを考え、小児科医も目指すカテゴリーに入っているが、発達心理学はまだ未学習だ。だが、狼獣人も、発達の具合は人間の赤ちゃんとそう変わらないだろう。そして、まだ歩けないところをみると、一歳にはなっていないのかな、と考えている。

そんなルルの普段の移動手段は、もっぱらハイハイと伝い歩きだ。また、バイバイをしたり、名前を呼んだ時には手を上げて「ばぶっ」と返事をしたりする。そんな様子が本当に愛らしい。

そして、添い寝をしたり、抱っこをしながら眠ってしまい、服や指を握りしめられたりすると、愛しさが爆裂してしまいそうになる。

着替え、食事、風呂、そしてオムツ（的なもの）を換えたりなどの日常的な世話も、なかなか大変だけれど、エマの手も借りながら少しずつ慣れてきた。赤ちゃんって手がかかるんだな……本当にそう思う。

(僕も、こんなふうに育てられたのかな……)

手をかけて世話をしてもらい、いたずらをしては「めっ」と叱られて。

ルルの寝顔を眺めていると、そんなことが頭をよぎる。そして、ガーシュも大変だったんだろうな……と、彼の苦労を思う。

物を動かすことだけではない。ルルはラグの上でおとなしく遊んでるな、と思った次の瞬間、テラスから「ばぶー」と優真を呼んだり、テーブルの下からハイハイして出てきたりする。

(瞬間移動能力……テレポーテーションってやつ？)

だが、この世界でルルを超能力者だというのはそぐわない。ルルはやっぱり、フリューアなのだ。

その、フリューアの制御できない力も、目が届く場所ならまだいい。

それが庭だったり、城の奥の棟だったり、地下室だったり、時には城の外に出ていることもある。

そのたびに優真とエマは大慌て、ガーシュの言った通りだ。

見つけると嬉しそうに「ばぶぶぶ！」と抱っこをせがんできたりして、本人としては、かくれんぼでもしているような感覚なのだろう。

だが、そんな時、優真は真剣な顔で語りかける。ガーシュに言われたことを、しっかりと言い聞かせた。

力を抑えること。絶対に、黄泉の国へ飛んではならないこと——。

『ルル、ユーマの顔をよく見て、聞いて。飛ぶ力は遊ぶために使っちゃダメだ。飛びたくなっても我慢するんだよ。そうしないと、ルルは誰かに捕まっちゃうんだ。もう、お城へ戻れなくなって、セルシュ様にも、ガーシュにも、エマにも、ユーマにも会えなくなってしまうんだよ』

『ばぶ……』

叱られていることがわかり、ルルはしゅんとした顔をする。

『それに、黄泉の国……死んでしまった人が行く国に飛んでしまったら、本当に、本当にもう、帰って来られなくなるんだから……』

感極まって優真はルルをぎゅっと抱きしめる。思うだけで胸が潰れそうになる。そしてルルは、もふもふのほっぺを優真の顔にすりすりしてくるのだ。

きっと、『黄泉の国』について、わかってはいないだろうけれど……。

『ばぶ……』

この『ばぶ』は、きっと『ごめんなさい』だ……。

こういう時、ルルの気持ちが優真の心の中に入ってくる。まるで、砂地に水が染みこんでいくように。

そして、これはルルと過ごすようになって気づいたことなのだが、姿が見えなくても、優真はルルの気配をなんとなくだが感じることができる。だから結果的に、かくれんぼをしている彼を捜し当てることができるのだが。

(でも、この感覚をなんて言ったらいいのかわからない)

医学でも科学でも証明できない不思議な現実。元の世界で誰に語ったとしても、信じてはもらえないだろう。おそらくは、セルシュ王が言った、花嫁とフリューアの結びつき。自分はまさに今、そのさなかにいる。

（明日も何事もなく過ごせますように）

すうすうと眠る、ルルの耳と耳の間を撫でながら、優真はまどろむ。

地図を見た時に感じた寂しさを振り返る暇もないほどに、日々が過ぎていく。この説明のつかない現実の中で、元いた世界よりも、安心してゆっくりと眠れるのは……どうしてなのかな……。

眠気でぼんやりした頭で考える。

明日、ガーシュが帰ってくるってエマさんが言ってたっけ——。


「ルル！」

翌朝、優真が目を覚ました時、隣で添い寝していたはずのルルの姿が見えなかった。シーツはまだ温かい。何度か名前を呼ぶが、返事がない。

「エマさん！」

優真は慌ててエマを呼んだ。このようなことは、今までにも何度かあった……だが今回は違うのだ。いつもならおぼろげにでも感じることのできる、ルルの気配がまったくないのだ。

「ユーマ様、どうされました？　だ、大丈夫ですか？」

駆けつけてきたエマは、優真の青ざめた顔に驚いている。

「ルルがいないんです！　いつもと違う……まったく、ルルの気配がわからない！」

気配が辿れないほど遠くか、深く入り込んだところにいるのだろうか。何者かに気配を邪魔されている可能性も考えられる。いずれにしても、ルルの身の危険を考えずにはいられない状況だった。そして、優真が怖れたのは、自分たちの結びつきが消滅してしまったのではないかということだった。

優真の背中を、冷たい汗が伝った。ガーシュの腹心として、ルルの事情を知っているエマの顔も一瞬で青ざめる。だが、茫然としている優真を力づけようと、エマは懸命に優真に語りかけた。

「ユーマ様、落ち着いて、まず思いつくところから捜しましょう。それに、ガーシュ様も、もうすぐ戻ってこられます！」

「は、はい……」

そうだ。落ち着くんだ。優真は自分に言い聞かせた。

スマホの電波が急に弱くなることもある。きっとそんな感じなんだ。少し時間をおいて、冷静になったら、きっとまたあの感覚が戻ってくる……！

だが、その願いも虚しく、それからずっとルルの気配は戻ってこなかった。

いつもより足を伸ばし、城の周りも捜した。エマは馬を飛ばし、近隣の町を捜しに行った。ルルが好きそうな場所を思い出し、つぶさに捜す。

「ルル、どこに行ったの？　ユーマだよ、返事して！」

大きな声で呼ぶが、可愛い『ばぶぶ』は聞こえない。

（もしかして、他所の国に飛んで、フリューア狩りに捕まってしまったんじゃ……）

城の外壁にもたれ、優真はずるずると座り込む。こうなると、最悪の事態しか考えられなかった。

（ガーシュからルルの命を託されていたのに……僕の使命だったのに……）

ルルの気配ならわかると思っていた。僕のせいだ。もし、ルルにもう二度と会えなかったら……。

抱っこをせがむ可愛い仕草。琥珀色のまんまるの目。ふわふわの毛皮に、いつもぱたぱたと振っている尻尾。優真を呼ぶ『あぶー』の声……。

絶望の中で自分を責め、優真は身を切られるように思い知る。自分にとって、ルルがこんなにも大きな存在になっていたことを。

「ルル……どこにいるの？」

泣き声で呟いたその時だった。

「こんなところで何をしている。城の外へは出るなと言ってあっただろう？」

振り返ると、馬に乗ったガーシュがそこにいた。

張り詰めていた気持ちが緩んで、優真の目に涙が滲む。彼が帰ってきて安堵したのと、いきなり怒られたのと、何がどうして泣けるのか、もう自分でもわからなかった。

「どうした、何かあったのか？」

ガーシュは憔悴しきった優真に驚き、馬から降りて顔を覗き込んできた。

「ルルがいないんです……！」

優真は堰を切ったように吐露した。縋るように、ガーシュの服を掴んでいることにも気づいていなかった。

「いつもなら、ルルの気配を感じることができるのに、今回は何も感じない、わからないんです！

どれだけ集中してもルルの気配がわからない……！」

「落ち着け、ユーマ」

「どうしよう、黄泉の国に紛れ込んだり、フリューア狩りに捕まっていたりしたら……」

「ユーマ」

「僕のせいです。僕の力が足りないから……セルシュ様と、ガーシュの大切な――」

「落ち着くんだ」

ガーシュは、優真を逞しい腕で引き寄せた。だがそれは、優しく抱き寄せるようなものではなく、『しっかりしろ』と喝《かつ》を入れられるような感じだった。

「気配が感じられないとは、それほど遠くに飛んでしまったということか?」

「おそらく……何かに邪魔されていることも考えられます。何もかも、僕がちゃんと言い聞かせられなかったから……!」

「ユーマのせいではない。あいつはまだまだ力が抑えられないんだ。それだけだ」

ガーシュはきっぱりと言い切り、優真は涙を拭った。決して優しい口調とは言えないが、おまえのせいではないと言われて、少し気持ちを立て直せたのだ。

「語りかけてみたか?」

「何度も呼んでみました。でも……」

「そうじゃない。兄上が言っていただろう? 関係が深まれば、花嫁とフリューアは心で会話ができるようになると。ルルはあれほどにユーマが好きだ。おまえはどうなんだ? ルルを大切に思ってはいないのか?」

「すごく大切です、大好きです……!」

答えながら、優真は思った。

そうだ。心の中で一生懸命に呼びかけてみよう。声に出すんじゃなくて、思いで伝えるんだ。

ガーシュに寄り添われたまま、優真は祈るように、両手を組んで目を閉じた。

傷を癒やす時も、心で、治りますようにと願いを込める。同じように、優真はただ一心に呼びかけた。

（ルル、どこにいるの？　帰ってきて、お願い、返事をして）

優真が祈るように目を閉じている間、ガーシュはただ黙って側にいた。彼に諭され、優真は落ち着きを取り戻していた。そして――。

――ユーマ……。

「ルル？　ルルなの？」

優真の大きな声に、ガーシュも顔を上げる。

――今、どこにいるの？

ルルの声は頭の中に響いている。だが、こちらからの呼びかけは届いているのだろうか。その問いに答えるのは難しいのか。

ひたすらに長く感じられた沈黙のあと、ルルはぽつんと答えた。くすんくすんと、哀しげな泣き声も聞こえる。

――わからないでちゅ。かえれないでちゅ……。

ということは、ルル自身、見知らぬ土地や、遠い場所にいるの……？

ガーシュも真剣な顔で、自分もルルの声を感じ取ろうとするかのように優真に寄り添っている。

「なんて言ってる？」

「どこにいるのかわからないって言ってます。帰れないって……」

ガーシュの藍色の目が曇る。だが、すぐに我に返り、優真をまっすぐに見据えた。

「……できるのはおまえだけだ。ユーマ」

優真はうなずく。

そうだ。ルルを捜して助け出すことができるのは僕だけなんだ。優真は再び、一心に語りかけた。

――ルル、ユーマとガーシュのところに帰りたいって思って！　わかる？　とにかく一生懸命に思って！

優真も懸命に願った。

ルル、帰っておいで。僕たちの側に。僕とルルに、運命の結びつきがあるのなら……！

優真の心は、必死の願いではちきれそうだった。他に、何の思念も入らない。だが、その張りつめた心の中に、さざ波のようなものが押し寄せ始めた。

（あ……）

心臓がドキンと鳴った。何かが来る。何かが近づいてきている。

「来る……」

「なんだって？　ルルか？」

――かえりたいでちゅ……でも、うごけないでちゅ……。

「動けないって言ってます……」

優真は震える声でガーシュに伝えた。どうして？　ルルに何が起こっているの？

「どうしよう……」

動揺する優真の肩を、ガーシュがしっかりと支える。

彼の声はルルには届かない。きっと、もどかしいだろう。だが、ガーシュはルルに届けとばかりに叫んだ。

「ルル、ガーシュだ！　帰って来い！」

その姿に、優真は唇を噛みしめた。そうだ、泣いてる場合じゃないんだ。

――ルル、がんばって、もう少しだよ！　ガーシュも待ってるよ！

――ユーマ……ガーチュ……。

――ルル！

心がちぎれるのではないかと思うほどに、優真は願った。息が苦しくて肩が上下し、酸欠でふらりと目眩を起こした。その時だった。

突然、つむじ風が巻き起こった。あの時と同じだ。

ガーシュの腕に庇われ、優真は意識が遠のいていくのを感じていた。もう、心を保ち続けるのが限界だった。

だが、目も開けられない風の中、優真はガーシュが叫んでいるのを聞いた。

「ルル！」

「ばぶぶー！」

風の中から、ルルが這いだしてくる。ガーシュはもう片方の腕で、さっとルルを抱き上げた。

「ルル……」

「ルルおまえ……！」

ルルは、わーんと声を上げて泣いていた。ガーシュがぎゅっとルルを抱きしめている。

（よかった……戻ってきた。無事で、よかっ――）

優真の思考は、そこでぷつんと途切れてしまった。


優真が目を開けると、ガーシュが見下ろしていて、その膝にルルがちょこんと座っていた。

（こんなこと、前にもあったなあ……）

既視感の中でぼーっとしていると、ルルがえーんと泣き出した。

――ユーマがおきたでちゅー！　よかったでちゅー！

涙と鼻水で、もふもふした顔の毛皮をべたべたにしながら、ルルは優真に縋りついてくる。

「ごめんね。心配かけて。もう大丈夫だよ」

起き上がって小さな頭を抱きしめ、ルルの小さな耳に頬をすりすりすると、ルルはまた泣き出した。

――ごめんなちゃいでちゅー。

「泣かないで、笑ってよ、ルル。もう大丈夫……戻ってこられたんだから」

ルルは、ニカッと歯を見せて笑った。ルルの精一杯の笑顔に、優真は微笑まずにいられない。

お説教は、きっとガーシュからこってりとされただろうから、僕はもう何も言わず、ただルルを抱きしめよう。

それまで黙っていたガーシュが、ふと口を開いた。

「丸二日間眠っていたんだ。……心配した」

ガーシュは取ってつけたように心配したと言ったが、却ってその言葉の重みが際立ち、優真は胸が締めつけられるようだった。彼に心配をかけてしまったと……。

「倒れてしまってごめんなさい。それから、あの時は勇気づけてくれて、支えてくれて、ありがとうございました……」

「俺は何もしていない」

「違います！　ガーシュがいてくれたから……」

急いで言葉をつなげたから息を吸いすぎて、優真は咳き込んでしまった。ガーシュが、その背中をさすってくれる。

「まだ身体が本調子じゃないんだ。いいから寝てろ」

（セルシュ様の背中もこんなふうにさすってたっけ……）

無骨で猛々しく見える大きな手のひらの感触は優しかった。短い毛が生えているが、その手のひらは父のように温かかった。

優真が横になると、ガーシュはベッドの上に座っていたルルを抱き上げ、その顔をじっと見た。

「それにしてもひどい顔だな。鼻水だらけだぞ。エマに洗ってもらえ」

——いやでちゅ、もっとユーマといるんでちゅ！

「ルル、お顔きれいにしておいで。僕はここにいるから」

イヤイヤをするルルだったが、やがてエマに抱っこされて、部屋を出ていった。その様子を見ていたガーシュは、おもむろに訊ねてきた。

「ルルと会話できるようになったのか？」

「あ、そう言えば……そう、なのかな……」

今更ながらに、優真はルルと頭の中で会話ができているのに気がついた。夢中だったから、あの時のことはよく覚えていない。だが、ガーシュはしみじみと語った。

「おまえが手を組み合わせていた姿は、熱を放っているような感じだった。最後の方は、身動きもしなかったから、息をしているのかと心配になったくらいだ」

「そうだったんですか……」

「あれほど集中するんだ。疲弊しきって意識を失うのも無理はない」

「でも、僕がここに来た時は、あんな感じじゃなかったです。ルルに連れられて、あっという間にこの世界に来て……」

最初の時、確かにルルは意志をもって世界を飛んだ。でも今回は、それができなかったのだ。

「それは、ルルが花嫁と一緒だったからだろう？」

ガーシュの発した『花嫁』という言葉が優真の心をちくんと刺す。

そうだけどそうじゃない。それは、僕と一緒だったから……。

だが、ガーシュに反論などできず、優真は言いたいことを呑み込んで、違う話題を返す。

「僕が来る前は、ルルはどうやって戻って来てたんですか？」

「俺とエマと、二人で大捜ししていたのだ。城の中でもあいつの能力は極秘事項だから、こそこそしながらな。かと思えば、ふっと戻ってきたり。おそらく、戻ることについては、できる時とできない時があるんだ。兄上は幼すぎて能力が不安定なのだろうと言っていた。だが、今回は……」

ガーシュは言葉を詰まらせた。

「今回は、なに？　どうしたんですか？」

彼らしくない沈黙が不安で、優真は思わず問い返していた。

「猫族《アーシャ》の国で罠にかかっていたらしい。あの国にしか生えない蔓で編んだ、縄の残骸がルルの足に付着していた」

「罠？」

「だから動けなかったんだろう」

青ざめた優真に、ガーシュは淡々と答える。

「フリューア狩り……？」

「いや、奴らは投げ網で狩りをするからな。今回はそのような形跡はなかった。おそらく、猫族が鼠を捕るための箱形の罠だ。大方、なんだろうと思って、その箱罠に入り込んだんだろう」

（だから戻れなかったんだ。僕が気配を辿れなかったのは、箱罠の中にいたからなんだ）

「それでは、フリューアだっていうことは、気づかれなかったんですね」

「気づかれていたら、今頃、獅子族に差し出されているさ」

優真は、頭を殴られたような衝撃を覚えた。寝具をぎゅっと握りしめ、自戒を込めて、ガーシュに伝える。

「ごめんなさい……これからはさらに、ルルに言い聞かせます」

そして、僕とルルの結びつきももっと――。

「これに懲りて、しばらくおとなしくしていてくれればいいがな」

ガーシュはため息をつきながら、優真の額に手を触れた。

「熱はないようだが、おまえもしばらく安静にしていろよ」

触れる手の温かさと、不遜な口調の狭間で優真は戸惑う。だが、そのあやふやな感情は、続くガーシュの言葉に打ち砕かれてしまった。

「もう、今回みたいに城の外に出るなよ。ルルだけじゃない、おまえも狙われる立場にあるのだからな」

（立場って……）

ただ、危険だからって言ってもらえたら……そんな思いが優真の心を虚しくする。だが、精一杯に顔を上げた。

――君たちは、男同士であっても結びつかねばならないほどに、深い絆を持ち合わせているのだ。

ふと、セルシュ王の言葉が心によみがえる。それでもやはり、自分を花嫁と呼ぶことに抵抗がある。それなのに、どうしてこんな強がりを言ってしまったのか。

「はい。すみませんでした……花嫁に何かあったら大変ですよね」

「その通りだ」

さらに不遜に言い放ち、ガーシュは優真の部屋を出ていった。

＊＊＊

「ユーマ様、ルル様、おはようございます。今日はよいお天気ですね」

「もうお加減はよろしいのですか、ユーマ様」

優真がルルと一緒に朝の散歩をしていると、王室の家臣や、城で働く人たちが親しげに声をかけてくる。数日、寝込んでいたから、ここ最近お姿が見えなくて……と心配してくれる人が多い。

「はい、おかげさまで。ありがとうございます」

「ルル様も、ユーマ様が元気になられてよかったですね」

「あぶー」

ルルはにっこり笑ってバイバイを返し、なんとも和やかな雰囲気だ。子どもを連れてお天気トークをしながら、ご近所を歩いている、パパになったような気分だ。もっとも、優真は両親が亡くなってから、周囲の人々と親しげに会話したことなどないのだが。

いつの間にか、優真は城の人々から、ごく自然に受け入れられるようになっていた。

エマが言うには、ガイストの人々は、自分たちの国にフリューアがいるのだと信じているのだそうだ。現実には、ルルの存在は極秘事項なのだが。

「皆、フリューアの存在を誇りに思い、夢を見ているのです」

それで、優真はそのフリューアが連れてきた、異世界からの客人だということになっているらしい。

以前、ガーシュも言っていた。フラウデルの人々にとって、異世界の花嫁伝説は大きな希望であり、信仰のようなものだから、異世界から来たというだけで敬意を払われるようだ。

（きっと僕が男だから、花嫁だと認識されないんだな）

だが、みんな僕が花嫁だと知ったらどうするんだろう……。

がっかりするだろうか。でも、案外、簡単に受け入れそうな気もするな……。

(……って、なんでそういうこと考えちゃうんだよ)

我に返り、優真は自分に問いかけた。

だって、僕はずっとここにいると決めたわけじゃないから。まして、男の僕が花嫁だなんてありえないから。

――ユーマ、どーかちたでちゅか?

――ごめんごめん、なんでもないよ。

先日気がついたように、ルルとは、少しずつだが、頭の中に声が響く感じの会話ができるようになってきている。

声では「ばぶー」「ばぶぶ」などが中心なのに、この時には、三歳児くらいの言葉を話すのが不思議だ。

ルルは、カタカタと音がする台車のようなものを押して歩いている。

(うちにも、こういうのあったなあ)

同じようなものが、異世界にもあるのが微笑ましい。これがあればひとりで歩ける、ルルの最近のお気に入りだ。歩くたびに、服から出た尻尾がふわふわ上下して、優真は目を細める。

こうやっていると、本当に獣人の赤ちゃんなのにな……。

青空の下を、ルルとのんびり散歩をするひとときが、優真は大好きだった。

朝ごはんを食べたら、目標を決めて飛ぶ練習。終わったら一緒に遊んだり散歩したり、昼食のあとは、ルルはお昼寝、優真は自由時間だ。

夕食は、ガーシュがいれば三人で食べる。ルルとお風呂に入って寝かしつけ。これはガーシュがやることもある。それから、寝心地のいい寝具に包まれて就寝。

以前の境遇からすれば、ここは本当に居心地がいい。

ルルは日毎に愛しくなるし、周りの人たちも優しい。以前は食べるものなんて、空腹が満たせればなんでもいいと思っていたけれど、ここへ来てからは食事が美味しい。夜もぐっすりと眠れる。

だが、それでも優真は、自分が異分子だと感じていた。

どれだけ居心地よく過ごしていても、このまま、この世界の者になってしまうのかという焦りは、常に心の奥底にある。それには、医師になりたいという気持ちへの焦りも含まれていた。

勉強が遅れてしまう。医者になれる日が遠のく……できるなら、大学に戻って勉強を続けたい。

だが一方で、またあの生活に戻るのかと思うとゾッとするのだ。癒やしの力を搾取され、化け物呼ばわりされる日々……。

ここでも生活の縛りはある。優真は相変わらず、ひとりで城の外へ出ることを禁じられていた。

『大切な花嫁に何かあってはならないからな』

過保護だと感じるほどに、ガーシュは優真を危険から遠ざけようとする。大切にしてくれるのは嬉しいが、それもすべて、花嫁のためなんだと思うと、心にひっかかりが生じてしまうのだ。

ガーシュは人望も厚く、本当に強くて男らしいと思う。少々荒っぽくて自信家な俺様だが、彼なりの気遣いも伝わってくるし、優しいなと感じることも多い。

だが、ガーシュは優真のことを完全に花嫁として扱うため、優真自身の様々な疑問や不安をわかってはくれない。わかろうとはしてくれない。

一方で、さりげないスキンシップを嫌だと感じない自分もいるのだ。あれから、キスをされることはないけれど……。

世話係兼ボディガードであるうさぎ獣人のエマは、優真のよき話し相手でもある。

「ユーマ様、私のことはお気軽にエマとお呼びください。そして、そのように丁寧にお話しいただかなくてもいいんですよ」

エマにも、呼び方のこと、そして話し方のことを言われてしまった。

「でも、こんなにお世話になっているんだから……」

「だめですよー」

エマは、鼻をぴくぴくさせるのと同時に、立てた指を左右に振る。

「私はガーシュ様にお仕えする身。それは、同じくユーマ様にお仕えするということです。さあお気軽に、エマ、お茶を淹れろと命じてください！」

「わかった。そう言うようにするね。エマ、お茶を淹れてくれる？」

エマの心が温かく、優真は微笑む。それに、優真の話し方のことでエマがガーシュに叱られたりしては申し訳ない。急に口調を崩すのは無理だけれど、少しずつそうしていこう。

いつまでも打ち解けない口調でいることは、相手の気持ちを無下にすることもあるのだと、優真は学んだのだった。

そうして、優しいエマは、優真が時々ふさぎ込んでいたりすると、さりげなく声をかけてくれる。

「ユーマ様、どうかされましたか？」

ここ最近のふさぎ込みの原因は、大学のことだった。諦めきれない医学のことを思い、優真は訊ねてみた。

「この世界にも病院ってあるよね？」

「はい、もちろんありますよ。ご興味があるのですか？」

「うん、少し……どんなところか見てみたいなと思って」

優真は、ごく控えめに答えた。

「では、ガーシュ様にお願いすれば、連れて行っていただけますよ」

「そうかなあ……」

『花嫁』と関係ないようなことを、ガーシュが許してくれるだろうか……。

エマが言うには、ガーシュは、しばらく城にいるらしい。

（ちょっと頼んでみようかな……）

そう思ってガーシュの様子をうかがうと、彼は最近、何やら書物に向かっていることが多い。

執務や鍛錬の傍ら、長椅子でくつろいでいる時も、ルルに添い寝しながらも、分厚い本にいくつも栞を挟んで読みふけっている。寸暇を惜しんで調べ物をしている感じだ。

『エマ、ここに書いてある本を書庫から出しておいてくれ』

『かしこまりました』

体育会系というか、武闘派なガーシュだが、王の代わりに国政に関わる身としては、学ばなければならないことは山ほどあるんだろうな……。邪魔したら悪いよね。二人のやり取りを聞きながら、優真は思った。

「ガーシュは勉強家なんだね」

「ええ、それはもう！」

耳がぴょんと跳ねるほどに、エマは力強く答えた。

「幼い頃から、ご兄弟そろって秀才でいらっしゃいます。特にガーシュ様は文武両道といいますか、セルシュ様から国政を受け継がれた時は、多大な努力を重ねられました。ルル様の子育てについても、すごく勉強されたんですよ」

ガーシュが育児書に向かっている姿を思うと、なんだか微笑ましい。

泣き止まないルルをおぶって、どうしたら泣き止むのか、片っ端から本を調べた日もあっただろうな——。

「ですが常々、俺は身体を動かす方が性に合っていると言われます。……ここ数日は、調べ物に没頭なさっておられますけれども」

「ガーシュらしいね」

優真は素直な感想を述べる。そして、彼がこの時期、何を熱心に調べているのか興味を覚えた。自分もまた、学びたい人間だからだ。

「ガーシュ、あの、聞いてもいいですか？」

ガーシュの肩越し、優真は遠慮がちに声をかけた。

「この頃、そんなに熱心に、何を調べているんですか？」

すると、ガーシュは拡げていた本を、慌ててぱたんと閉じた。そして、ややぞんざいに答える。

「別に大したことではない」

「あ……立ち入ったことを聞いてしまってごめんなさい」

しゅんとしてしまう優真に、ガーシュは、困り顔ながらも素っ気なく答える。

「いや、そういう意味ではない」

どうにも雰囲気がぎくしゃくとする。優真の膝の上に座っていたルルは、「ばぶぶ……」と言いながら、心の中で呟いた。

——がーちゅ、もっとやさちくいわないとだめでちゅ……。

「ルル、今何か言った？」

「ばぶ？」

なあに？　というように、可愛く小首を傾げたルルだった。


その数日後から、ガーシュは城を留守にした。エマが言うには、戦いではないらしい。

（じゃあ、どこへ行ったんだろう）

ガーシュが気になる自分に、優真はらしくなく、気持ちを波立たせてしまう。ガーシュがどこへ行こうと、僕が気にする必要なんてないのに。

「べ、別に寂しいわけじゃないし」

思わず出てしまったひとりごとに、積み木で遊んでいたルルが振り向く。

「ばぶ？」

「あ、驚かせてごめんね。なんでもないよ。お散歩に行こうか」

気分転換にとルルを連れて城の庭に出ると、空は、抜けるような青空だった。

ここへ来た日から数えると、二ヶ月くらいは過ぎただろうか。

そうすると、元の世界は梅雨の季節だが、ここは、空気が乾いてカラリとしている。この世界には、梅雨はないのかもしれない。

仰ぎ見た空に、大学の講義はどこまで進んだだろう、伯父夫婦は僕を捜しているだろうかと思いを馳せる。考えても、今はどうにもならないことはわかっているけれど――。

「ばぶぶっ！」

ルルが指差す方を見ると、葉っぱの上にカタツムリがいた。だが、よく見ると、優真の知っているカタツムリとは少し違った。ツノが一本で、殻がもう少し小さい。カエルやバッタなども、少しずつ違う。

「今まで全然気がつかなかった。面白いな。ちょっとずつ違うんだ」

どこの世界でも、小さな子が生き物に興味を示すのは変わらないようだ。興味津々のルルの手のひらにカタツムリを乗せてやると、その湿った感触に驚いたのか、びっくりして手を引っ込めようとした。

「ばぶー」

「びっくりした？　じゃあおうちへ帰してあげようね」

そう言って、カタツムリを元いた葉っぱの上に戻すと、ルルは「ばばばー」と、手をぶんぶん振ってバイバイをした。そこへ、ちょうどエマが通りかかる。

「お散歩ですか？　今日の夜のお食事はお肉だそうですよ！　期待しててくださいね」

「ありがとう。それは楽しみだな」

こうした何気ないひとときを共有できる誰かがいて、それを幸せだと思う。

だが、医者になるという思いは捨てられない。両親の墓前で約束したのだ。それだけを希望として生きてた。けれど、ここへ来てからは平和な日々に心を和ませている。時々、そんな自分に気づいて焦り、夢を忘れてしまったようで、腹が立つのだ。

ガーシュの花嫁になるということも納得していない。そしてもう、伯父たちの言いなりに力を使いはしない。もし、元の世界に戻れる日が来たら、その時は何としてでも、伯父たちから独立する。何年かかっても、自分の力で医者になる。

「あぶぶ？」

ルルがトゲのある、野バラに似た花に手を伸ばす。あっ！　と思った時には、ルルのぷっくりした肉球には、トゲで引っ掻いた傷ができていた。

「びえええええ」

優真は傷ついた指をさっと包み、目を閉じた。

――いたいのいたいの、とんでけー！

――いたいでちゅー。

――大丈夫、おまじないだよ。いたいのいたいの、とんでけー！

しばらくすると、血が止まって傷が塞がり、ルルは不思議そうに笑った。

──いたいの、とんでったでちゅ。

「よかった」

優真が声に出すと、ルルも声で答えた。

「あぶぅ」

小さな傷を治して、代わりに笑顔をもらう。それは、優真の心をいつも温かくした。

その温かさが、傷を癒やすということの意味を優真に教えてくれる。そこには「ありがとう」「よかったね」の言葉があればいい。両親がいた頃は知っていたことを思い出した今は、もう絶対に、伯父の言いなりに力を使うことはしてはならない。

そして、元の世界に戻るのならば、ここでの幸せなひとときを置いていかねばならないのだ。

そんなことできない。ルルと別れるなんて……。

(ないないづくしで、矛盾だらけだ)

優真は、欲張りな自分に呆れる。そして、その矛盾を解く鍵は、きっとガーシュが握っているのだ。

(でも)

ガーシュだって、きっと、大陸の王者になるために花嫁が必要なだけなんだ──。

そう思ったら、心地よいはずの、空の青さが目に痛かった。


それからさらに数日後、ガーシュは城に戻ってきた。

だが、顔から腕から、かすり傷だらけなのだ。見事な毛皮も尾も、いつもの艶が失われ、しおれてしまっている。

「ガーシュ、この傷……いったいどうしたんですか？」

彼の様子に驚いて、優真はお帰りなさいを言うよりも早く、大きな声を上げてしまった。戦いではないと聞いていたのに、強いガーシュが、こんなに傷だらけになるなんて。

「すぐに治しますね！」

だがガーシュは、慌てる優真の手を押さえた。

「こんなものは、ほんのかすり傷で、おまえの力を使うほどではない」

「でも……」

「途中で越えた峠が荒れまくっていて、抜ける時に多少、難儀しただけだ」

「山へ行ったんですか？　虫や蜂に刺されなかったですか？　蛇は？　もし毒があったら、早く処置しないと大変なことになりますよ！」

「大丈夫だと言っただろう。何回も言わせるな。それよりも、――おまえに土産だ」

少しの間のあと、無愛想に渡された革袋の中には、果実が入っていた。取り出した優真は、金色に輝く果実の美しさに息を呑んだ。

「なんてきれい……」

「この辺りでは手に入りにくいが、ちょうど出向いた先で見かけたんだ。甘酸っぱくて口に合うだろう。エマに切ってもらうといい。俺は湯浴みしてくる」

それは、ちょうど林檎のような大きさ、形だが、まるで、童話に出てくるような金の果実そのものだった。食べるなど、本当にもったいない。

「この世界には、こんなにきれいな果実があるんだね……なんて名前なんだろう」

まるで大きな宝石のように、手のひらの上で角度を変えながら優真が見惚れていると、エマがもう我慢できない、といった様子で、鼻と口をむずむずさせた。

「ガーシュ様は、なんでもないお土産のように仰っていましたけれど、これは『ラランス』といって、五十年に一度、実をつけるかどうかわからないという、この大陸では半ば伝説的な果実なのです」

「そ、そうなの？」

優真は慌てて、果実をテーブルの上に置いた。そんな貴重なもの、落としたら大変だと思ったのだ。

「食べれば幸せになれると言われています。ガーシュ様が最近、熱心に調べ物をしておられたのも、このラランスが今、手に入るところを探しておられたのです」

エマの話は、優真にとって衝撃的だった。何気なく渡されたこれが、そんな激レアなもので、そのためにガーシュが熱心に調べ物をしていたなんて。

「甘酸っぱいというのも書物に書いてあっただけで、ガーシュ様も食されたことはないはずです。私も、もちろん初めて実物を見ました。いくつもの樹海を越えた先の、人が立ち入ることができないような秘境の奥に、ひっそりと実っているのだそうです」

興奮気味に話し終えたエマは感極まったのか、耳をぱたんと倒し、丸い手で目頭を押さえた。

「きっと、手に入れるのはとても大変だったはずです……それを、ユーマ様のために。あんなになんでもないことのように……」

ではあの傷だらけの、汚れてやつれた様子は、そのためだったのだ。

秘境にひっそりと実る金の果実、食べれば幸せになれるという果実――ガーシュが僕のためにそんなことを……？

嬉しい。

泣きたいような気持ちが押し寄せてくる。ここ何年も、人からそんな思いやりを向けられたことなどなかった……。

彼はどうして、危険を犯してまでそんなことをしてくれたのだろう。食べれば幸せになれるという果実。それは、ガーシュが僕の幸せを願ってくれたということ？　そうだったらいい。そう信じたい。

今回は『花嫁のために』してくれたんじゃないよね。そうだよね――。

優真は自分に何度も言う。だって、嬉しさがあふれてきて止まらないのだ。ガーシュは「おまえに土産だ」と言ってくれたのだ。

（僕……お父さんやお母さん以外からプレゼントをもらうのって、初めてだ……）

信じよう、と優真は思った。何かとぎくしゃくしてしまう僕たちだけど、ガーシュは、花嫁ではない僕を見ようとしてくれているんだと。

そうしたら、医者になりたいという夢や、そのために大学へ戻りたいこと、花嫁について思っていることを、きっと相談できるようになる。そして、花嫁にならなくても、もし、元の世界に戻ったとしても、僕がこの世界でできることがきっとあるはずだ。二人で、様々なことを話し合えるようになれればいい。

ガーシュが留守の間のくすんでいた心は、雨上がりの空のように、雲が晴れつつあった。

「ありがとう、エマ。話してくれて」

「あの……ユーマ様、私が話してしまったということは……」

心配そうなエマに、優真は笑いかける。

「もちろん言わないよ。でも、本当に教えてくれてありがとう。それでね、ひとつお願いがあるんだけど——」

その夜、ガーシュとルルと優真の三人で、いつもの夕食が済んだあと、エマが恭しく、デザートの皿を持ってきた。

オーバル形の皿には、金色の幸せの果実、ラランスが盛りつけられている。

スライスされても、その果肉はほんのりと金色で、若い林檎のような清々しい風味を放っていた。ルルには、ちゃんとすりおろしたものが用意されている。

「これは……ラランスじゃないか。まだ食べていなかったのか？」

ガーシュの口調に、少し、気落ちしたような感じが含まれる。そんなガーシュに、優真は笑いかけた。

優真の笑顔に、ガーシュは一瞬、驚いて目を瞠ったが、優真は気づかず、興奮気味に話し始めた。

「せっかくのガーシュのお土産だもの。みんなで食べたいんです」

「だが、それはおまえにと思って……」

「ガーシュのお土産がすごく嬉しいからこそ、その幸せな気持ちを、みんなにおすそ分けしたいんです。それに、美味しいものは、みんなで食べると、その分もっと美味しくなるんじゃないかなって」

ガーシュは黙ったままだった。少し戸惑ったような表情をしている。それは、いつも自信にあふれたガーシュにしては珍しいことだった。

「ガーシュ」

優真は、きらきらした目でガーシュを見上げた。

「本当にありがとう……お土産、とてもとても嬉しかったです」

「そうか……」

ガーシュの戸惑っていた顔が、少しずつ和らいだものになる。「はい！」とうなずき、優真は下がろうとしていたエマを引き留めた。

「エマも一緒に食べようよ、ね？」

「ばぶー」

ルルもエマの袖を引っ張る。が、エマは驚いて辞退しようとした。

「とんでもないことでございます。私は……」

「今のユーマの言葉を聞いただろう。テーブルにつくがよい」

「ありがたき幸せにございます」

エマは丁寧にお辞儀をしてテーブルについた。

ほのぼのとした雰囲気の中、みんなで幸せの果実を味わう。食べてみると、林檎よりも酸味が勝っているが、野性味あふれるさわやかな甘味が感じられた。

「美味しい！」

「ばぶばぶ！」

「とても美味しいです。感動です」

皆がそれぞれの感想を述べるのを、ガーシュは穏やかな表情で見守っていた。そして、自らも口に運び、さらに表情をほころばせる。

「本当だな。美味なものは皆で分け合うことで、さらに美味になる。幸せな気持ちになる。ユーマに教えられたな」

そしてもうひと口。ガーシュは優真に笑いかけた。

「実に美味だ」

優真の胸に熱いものが込み上げてくる。それは、胸の奥の柔らかいところを不意に刺した。きゅんと小さな音を立てて。

(ランスは、今、本当に僕を幸せにしてくれた)

ガーシュが、この得がたい貴重なものを、傷つきながら持ち帰ってくれたことを思うと、何度でも感動して泣けそうになる。

(みんな、幸せになれるといいな)

こんな温かさ、幸せな気持ち、父と母が亡くなってからずっと知らなかった……感極まって、ぐすんと涙ぐんだ顔をガーシュに見られてしまった。

ニッコリ笑って、もう一度「ありがとうございました」と告げると、ガーシュは少し落ちつかなげに目を泳がせ、「ああ」とだけ言った。

(もしかして、今ちょっと照れた？　顔に出てた？)

優真の心がほっこりとする。

ガーシュに僕の気持ちが伝わっているといいな……一生懸命に言ってみたけど……。

こういう時、相手に返す言葉をあまり知らない自分がもどかしい。「ありがとう」「嬉しい」だけでは足らないのに。

「明日、兄上にも届けていいか？」

ガーシュの問いかけは、いつもより口調が穏やかだった。

「もちろんです！　ルル、明日、ガーシュと一緒に持っていこうね」

「ばぶう！」

ルルはスプーンを片手に、はーいとお返事するように手を上げる。

――パパしゃま、よろこぶでちゅ。

頭に響く、ルルのはしゃぎ声にうなずく。ガーシュの温かさ、自分に示してくれた優しさが、優真に幸せを教えてくれた夜だった。

＊＊＊

「じゃあ、ルル、今度は中庭まで飛ぶよ。ルルが飛んだら、僕が確かめに行くからね」

「ばぶ！」

――わかったでちゅ。

返事をしてわずか数十秒もしないうちに、ルルの姿が視界からふっと消える。優真が部屋を出て中庭に行ってみると、そこには地面にお座りして得意そうに両手を上げる、ルルの姿があった。

——できたでちゅー！

優真は駆け寄ってルルを抱き上げ、ぎゅっと頬を押し当てた。

「やった！　やったね！」

二人がやっているのは、ルルが意志をもって、目標を定めて飛ぶ練習だ。

少しずつ距離を伸ばし、成功率も上がってきた。もちろん、失敗して、中庭に飛ぶつもりが、厩舎の乾し草の中に飛び込んでしまったこともある。だが、失敗しても優真は絶対に叱らない。少しでもできるようになったことを褒め、ルルに伝える。

「よくそんなに忍耐強くできるな」

そう言ったのはガーシュだ。

「俺はすぐ、いいかげんにしろとか言ってしまう」

「誰だって、褒められた方がやる気が出ると思うんです」

伯父夫婦に引き取られて以来、褒められたことがないからこそわかる。だが、優真には両親からもらった温かい記憶があった。

「まだ赤ちゃんだから、叱られた記憶で育つのは辛いんじゃないかって……」

「そんなものか？　俺など、物心つく前から、剣の稽古でびしばしやられていたが？」

「それだって、きっとその底に、ガーシュを思う心があったんだと思います」

でなければ、あんなに優しいことができる人にはならない。幸せの果実、ランスは、優真にとって心の中の宝物になる予感があった。

あれから、優真はあまり構えずにガーシュと話せるようになった。ガーシュの口調も、不遜なのは変わらないが、表情は前よりもずっと優しくなったと思う。

今なら、花嫁について思うこと、医師になりたいという自分の夢を、ガーシュに打ち明けられる。

優真はそう思っていた。


ルルをお昼寝させていたら、ガーシュに大切な話があるからと呼ばれた。改まってなんだろうと少し緊張し、そして彼が開口一番放った言葉を、優真は驚いて訊ね返していた。

「初夜の儀?」

「そうだ」

ガーシュは事もなげに、まるで天気の話でもするかのように続ける。

「もうそろそろ、準備せねばと思っていた」

「初夜って、あの……」

「事実上の結婚の儀式だ。俺に抱かれ、体内に俺の精を受ける。フラウデルでは、花嫁となる者は、相手の精を受けて初めて伴侶として認められる。異世界の花嫁は、そうすることで、晴れてこの世界の者になる」

(ちょっと待って。体内に精を受けるって……)

「それってセ……」

「セ？」

生々しくてその単語を最後まで言えずに優真は口ごもり、ガーシュは怪訝な顔をする。

つまり、何もつけずに（この世界に、そういうものがあるかどうか知らないけれど）、中に出されるってこと……？

その突拍子もない話に、優真は驚きを通り越して青ざめてしまった。儀というからには、もっと形式的なものだろうと思ったのだ。それなのに……。

だって、セックスどころか、キスだって、ここへ来た時にガーシュにされたのが初めてだったのだ。医学生だから多少の知識があるだけで、つまり童貞なのだ。それが、いきなり狼獣人の男に抱かれろだなんて……。突然、そんなことを当然のように言われても、受け入れるなど無理だった。

その時、優真はガーシュにぎゅっと両手を握られた。藍色の目に、貫くように見つめられる。

「俺は、おまえを早く、正式に花嫁として迎えたい」

「……」

その真剣な表情に圧倒される。だが、大陸の覇者になりたいがためのプロポーズに愛はない。それに、愛なんて語る前に、僕たちは男同士なのに。

黙り込んだ優真を見て、ガーシュは不機嫌になる。

「俺に抱かれることが嫌なのか？」

「嫌とか言う前に、僕たちは男同士です。ガーシュ」

「男であっても、おまえは『花嫁』だ」

「でも……！」

「交わりのことを心配しているのか？　大丈夫だ。雄同士でも交わることはできる」

「そ、そんなこと言ってるんじゃなくて」

知っている。男同士でどうするのかは……生々しい話に、優真は顔を背ける。

「では、なんだと言うのだ」

話は平行線だった。彼らには、そういう感覚は通用しないのだろうか。だって何よりも……。

「僕は……子どもを産むことはできないんですよ？」

「それは、追い追い考えればいいことだ」

その、楽観を通り越して自分中心の考えに、優真はくじけそうになった。そして、失意の中で最後のカードを投げる。話し合えると思っていた。二人で解決していこうと……。

「僕は、まだガーシュの花嫁になると言ったわけでは……」

優真は、懸命に自分の思いを伝えようとしたが、ガーシュの険しい表情に圧倒されてしまった。後ずさる優真を、ガーシュは壁に追い詰め、ドン！　と両腕をついた。壁とガーシュの腕が作った小さな檻に、優真は囚われてしまう。

「これは運命だ。抗うことはできない。ユーマは何も心配せず、俺を信じていればいい」

迫力あるガーシュに対し、だが優真は、力を振り絞って訴える。

「お願いです。僕の事情も聞いて……」

「ユーマの事情？」

伯父のところへは戻りたくない。でも、大学に戻って勉強は続けたい。だから、このまま花嫁になってしまうことに納得してはいないし、子どもを産むことは当然できない。何からどう言えばいいんだろう。

だが、真摯に説明すれば、きっとガーシュならわかってくれる……先日、ガーシュが示してくれた優しさを信じ、優真はもう一度、伝えるための勇気をかき集めた。

「僕は、元の世界では、医者になるための勉強をしていました。医者になることは、子どもの頃からの夢で、僕の生きる支えだったんです。だから、いつかは元の世界に戻って……その勉強を続けたい。だから僕は花嫁には……」

「帰ることは許さない」

ガーシュもまた真剣だった。怒っているのはわかる。だが、こんなに切羽詰まった顔は見たことがない。

「これは運命だと言っただろう。おまえは俺と結ばれることが決められていたのだ。受け入れろ。ずっと、俺の側にいろ。きっと幸せにする」

「僕はここで幸せです。みんなにもよくしてもらって、元の世界に戻るのはすごく寂しいです。でも……！」

「そんなことを論じているのではない！」

一喝され、優真は怯んでしまう。だが、怯みながらも、懸命に訴えた。

「でも……ガーシュにもあるでしょう？　子どもの頃からの、こうなりたいんだっていう夢が……」

「俺の夢は、異世界の花嫁を娶って、大陸の覇者になることだ」

自分さえよければそれでいいの？　話し合おうって選択肢はないの？　僕に幸せを教えてくれた

ガーシュはどこへ行ってしまったの？

話は堂々巡りだった。出口が見えず、ただ互いへのもどかしさや苛々が募って、空気が重たくなっていく。

「……ばぶ？」

その時、隣の部屋で昼寝をしていたルルが、ハイハイしながら二人の方へとやってきた。

――ふたりとも、どうちたでちゅか？

「ルル……」

心配そうに見上げるルルを抱き上げて、優真は、縋るように彼の頭に顔を埋めた。

幸せの果実から芽生えたガーシュへの信頼が、音を立てて崩れていく。あの日、僕は夢を見ていたんじゃないだろうか……。

「どうしてわかってくれないの……」

優真の呟きに、ガーシュはため息をつき、ルルはそんな二人を神妙な顔で見守っている。

わかり合えない空気が、淀んで濁っていく。

「とにかく、帰ることは許さない」

ガーシュは苛ついた口調で言い切った。

3

優真とガーシュは、気まずいままに数日を過ごしていた。

互いに話しかけることはなく、優真の中には、もどかしい空気が降り積もるばかり。

決して、意地を張って口を聞くもんかと拗ねているのではない。ガーシュが怒っているだろうと思ったら、どう話しかければいいのかわからなかったのだ。

『初夜の儀』の話はあれきり出ない。だが、優真は彼と以前のように会話できないことを寂しく思っていた。ルルもまた、二人の間の微妙な雰囲気を感じているのか、いつもよりおとなしい。

近づいた心が離れてしまった……。

そんなある日のこと。


「今日はこれから町に行くが、一緒に来るか？」

突然、優真はガーシュに誘われた。

ここしばらく、まともに会話していなかったこともあって、気まずいのだろうか。いつもはまっすぐに優真を見る目が、心なしか、少し逸らされている。

「まだこの国を見ていないだろう？　その……気晴らしにもなるだろうから」

「行きたいです！　連れて行って！」

声をかけてくれたこと、誘われたことが嬉しくて、優真は顔を輝かせて即答していた。

その様子に、ガーシュは少なからず驚いていた。断られたり、答えを渋られたりするだろうと思っていたのだろうか。

ガーシュでもそんな心配をするのかな。でも、いつもの強面が少し緩んでいると思うのは僕の考えすぎ？　優真の心は久々に躍るようだった。だから、ガーシュの表情の変化も良い方向に捉えることができた。

（それよりも、僕の即答に驚いたのかな）

自分でも、可笑しいくらいの即答だった。ここへ来てから、優真は少しずつ意思表示や自己主張ができるようになってきている。それは自分も感じていたことだった。

「ルルも一緒ですよね」

「いや、今日は二人で行く。ユーマに見せたい場所もあるし」

見せたい場所？

なんだろうと思ったけれど、優真はそれ以上聞かず、楽しみに取っておくことにした。そして出発の時――。

「ユーマあああああ！　やあああああ！」

エマに抱かれ、ルルは大泣きだった。

――ガーチュ、ずるいでちゅ。ルルもいくでちゅ！

――ごめんねルル。今夜のごはんは「あーんして」で食べさせてあげる。だからお留守番しててね。

スプーンやフォークを持ってひとりで食事ができるように、今まさに練習中のルルは「あーんして」で食べさせてもらうことを、ガーシュに厳しく禁じられている。だから、しぶしぶ我慢しているルルにとって、これはかなりの譲歩の条件だった。

――ほんとに「あーんちて」やってくれるでちゅか。

――やくそく！

膨れっ面のルルに、優真はニッコリと笑う。こうして、なんとかルルを説得することができたものの、優真の心は妙に後ろめたかった。

（親に嘘ついて初めて彼氏と出かける女の子って、こんな気持ちなのかな……）

いや、ガーシュは彼氏じゃないから！　それに、これはデートじゃないから！

自分に突っ込みを入れつつガーシュのあとをついていくと、城門の前に、たてがみがつやつやとした、立派な馬が用意されていた。

ガーシュは優真を軽々と抱き上げて馬に跨がらせる。あっという間のことで、あとからドキドキが襲ってきた。ただ、馬に乗せてもらっただけなのに。そして、ガーシュは優真の後ろに跨がる。

（うわあ、高い……それに、近い近い近い……）

馬に乗るのは初めてだし、とにかく互いの身体が近い。手綱を握るガーシュの腕が触れて、「怖くはないか？」と話しかけられる時の息づかいまで感じる。さっきからのドキドキは治まるどころか、高まるばかりだ。本当に、今日はなんでこんなに――。

「ユーマ」

「はっ、はいっ」

ガーシュのことを考えていたら急に名前を呼ばれ、優真は馬の背の上で飛び上がりそうになった。

「何をそんなに驚いている。ルルは何か言ってたか？」

「あの……ガーシュ、ずるいって……」

それを言うのがすごく恥ずかしくて、消え入りそうな声になってしまった。一方、ガーシュは、声を上げて笑う。

「嫉妬してるのか。ませた赤ん坊だ」

（嫉妬って……）

その言葉をどう受け止めればいいのか……今度は顔が熱くなる。ガーシュに顔を見られないのが幸いだった。

一方、ガーシュは気分良く馬を御しているので、優真はそれとなく話題を変えた。

「王子が供をつけずに出かけていいんですか？」

「この国に、俺より強いやつがいると思うか？」

「わかりません」

「いるわけないだろう」

そんなことを話しながら、市街地へ向けて馬は田舎道を進む。

遠くには、雪を頂いている山々が見え、澄んだ水が流れる川や湖のほとりを通っていく。その道すがら、草を食《は》んでいる牛や羊に出会ったりもした。

初めて城の外に出た優真は、目にするものすべてが新鮮で、目を輝かせる。

「そんなに牛や羊がめずらしいか？」

「元の世界では、間近に見ることなんてなかったです。それに、空気が澄んでて、すごく美味しい！こんなにきれいな景色、見たことありません」

ガーシュにとってはありふれた風景でも、都会で味気なく孤独な生活を送っていた優真にとって、それは心が洗われるような情景だった。

「こんなことで喜ぶなら、もっと早く連れてきてやればよかったな」

「え？　あ、は、はい」

別に、赤くなるような会話ではない……と思うのに、ガーシュのひとことに、優真の鼓動は再び速くなる。

「ほら、見えてきた。あそこが町だ」

ガーシュの示す方向を見ると、石畳の道が続く、絵本から抜け出してきたような街並みが目の前に現れた。

赤や緑のうろこ模様の屋根に、オフホワイトの漆喰《しっくい》壁の可愛い家たち。その出窓には色とりどりの花や緑があふれていて、軒先では犬や猫が日向ぼっこをしている。

幼いころ、父の学会でドイツへ連れて行ってもらったことがあったが、その時に滞在した小さな町を優真は思い出していた。

「あっ、ガーシュ様だ！」

馬を下りて、石畳の通りを歩いていたら、子どもたちがガーシュを見つけて集まってきた。元の世界で言えば小学生くらいの、狼獣人の子どもたちだ。

ガーシュは彼ら一人ひとりに目を向け、声をかけている。

「学校の勉強はどうだ？」

「うん、みんながんばってるよ」

「本当だろうな？」

「ほんとだってば！」

気さくに子どもたちと笑い合うガーシュの濃い藍色の目は、とても楽しそうだ。子どもたちも臆することなく、王子であるガーシュに話しかけている。優真は、その様子を微笑ましく見守りながらも驚いていた。

ガーシュにこんな一面があるなんて……。

城の中でしか知らないガーシュは、優しい心を持っていることはわかるけれど、いつも不遜で尊大だ。

(ガーシュ、すごくイキイキしてる……あっ)

その時、優真は木の陰でもじもじしている子を見つけた。

ガーシュの側へ行きたそうなのだが、引っ込み思案なのか、ガーシュが他の子どもたちと笑い合う様子を羨ましそうに見ている。

「ねえ、この人が異世界からのおきゃくさま？」

訊ねられ、優真は子どもたちと目線を合わせて自己紹介した。

「ユーマっていうんだ。よろしくね」

子どもたちは目を細め、自分たちとは違う姿かたちの優真をじっと見る。

「尻尾とか耳とかないの？」

「尻尾はないけど、耳はあるよ」

「毛皮が全然ないんだね。冬は寒くないの？」

「その分、あったかい服を着るんだよ」

へー、と興味津々の子どもたちの中で、もっともやんちゃそうな子が、狼の耳をぴくぴくさせて、ガーシュに向けて意味ありげに笑った。

「とってもきれいな人だけど、男の人で残念だね、ガーシュ様」

「早くおよめさんとけっこんしなくちゃ」

「そして、あかちゃん産んでもらわなくちゃね」

「こら、子どもがナマイキ言うんじゃない」

子どもたちのからかいを、ガーシュは軽くかわしている。だが、優真は心に釈然としないものを抱えてしまった。そして「あかちゃん産んでもらわなくちゃね」と言われて、彼らの傍らで頬が赤らんでしまう。

お嫁さん、赤ちゃん……子どもが言ったことなのに。自分も納得していなかったはずのことなのに、なんでこんなに赤くなっちゃうの？　それとも、ガーシュが軽く返したからこんな気持ちになるんだろうか？じゃあ、いったい、僕はなんて言って欲しかったんだ？

（そもそも、初夜の儀のことで、僕は怒ってたはずで……）

だが、今そこにあるのは、怒りではなく、言葉にできないもやもやだった。

やがて子どもたちは散っていき、ガーシュは隠れていた子に「おいで」と手招きをした。ちゃんと気がついていたのだ。

「こんにちは、ガーシュ様、おきゃくさま」

恥ずかしそうに出てきた男の子は、ガーシュと優真に、丁寧にあいさつをした。

「声をかけるのが遅くなって悪かったな」

優しく笑いかけるガーシュに、男の子はびっくりした目でぶんぶんと首を横に振った。

「おはなしできて、うれしいです」

そして今度は、男の子は真っ赤な顔で、野の花を束ねたものを優真に差し出した。

「おきゃくさま、どうぞ」

「僕にくれるの？」

「はい」

感激しすぎて、優真はしばし言葉を失ってしまった。その肩をガーシュがとんとんと叩き、優真は我に返る。

（花をもらうなんて初めてだ……）

黄色やピンクのコスモスに似た花々からは、ふんわりと甘い香りが漂って、心地よく鼻腔をくすぐる。自分たちを見つけて、急いで摘んできてくれたのだろうか。

「名前はなんていうの？」

「アルといいます」

「ありがとうね、アル。とっても嬉しいよ」

優真が礼を言うと、アルは真っ赤になったまま丁寧にお辞儀をした。だが、身体を起こそうとしたその時、彼は急に、激しく咳き込んだ。

咳は止まらず、苦しそうに顔を歪めている。ガーシュは、アルの背中をさすりながら訊ねた。

「まだ咳は治まらないのか？」

「はい……ガーシュ様と、おきゃくさまの、前で、咳き込んでしまって、ごめんなさい」

言い終え、またコンコンと咳が出る。ヒューヒューと、息も苦しそうだ。ガーシュは、その大きな手で、より丁寧に、アルの背中をさすり続けた。

「そんなことは気にするな。薬は欠かさず飲んでいるか？」

「はい」

（この子、喘息を起こしているんじゃないだろうか）

二人のやり取りを聞きながら、優真は思った。喘鳴音が気になる……この世界には、喘息という診断はないのだろうか。優真はガーシュの隣に屈み、アルに話しかけた。

「こんなふうにヒューヒュー息の音がしたら、寝る時は身体を起こすようにすると楽だよ。クッションとかにもたれてね。もっと苦しい時はお湯を沸かして蒸気を吸い込んで、それから、気温の差がよくないから、朝晩は特に気をつけてね」

「は、はい。わかりました。ありがとうございます」

やがて咳が治まったアルは、何度も頭を下げながら、二人の前を去っていく。その背中を、優真はガーシュと一緒に見守った。

「医術を学んでいると言っていたが、さすがだな」

ガーシュに言われ、優真は曖昧に微笑む。彼に褒められたことは嬉しかったけれど、一方で、歯がゆくてならなかったのだ。

僕が医者だったら、もっと処置をしてあげられるのに。胸の音を聞いて、薬を処方して、楽にしてあげられるのに。

「アルは元々、身体が弱くて、薬も効かないようで咳が長引いている。だが、今のユーマの助言で、少しでも楽になれるといいな」

「はい……」

素朴な花束を見ていたら、アルの心遣いと、彼を案ずるガーシュの優しさが心に沁みて、泣けてきた。自分の歯がゆさ、そして、ユーマの助言が効けばいいというガーシュの言葉も上書きされて、涙はなかなか止まってくれない。

ここに来てから、よく泣くようになった。以前は、辛くても悔しくても心が痛むばかりで、泣くことなどなかったし、嬉しくて泣くなんてことも知らなかった。

(違う。きっと泣けなかったんだ……)

「花束、よかったな。それは、レーナという花だ」

ガーシュは優真の頭を撫でるように、髪をくしゃっとかきまぜる。

(嬉しい……なんだか安心する……)

大きな手の感触が温かかった。まるで「それでいいんだ」と言われているように。


その後、ガーシュは市街地を案内してくれた。

活気のあるメインストリートでは、いろいろな食べ物や雑貨の店が並び、見ているだけでも楽しい。

ここでもやはり、ガーシュは気さくに人々にかかわり、彼らも皆、王子であるガーシュの訪問を喜んでいる。

（すごい、ガーシュって人気者なんだ）

王子に人気者というのはおかしいかもしれないが、彼がいかに国の人々に慕われているのかがわかる。だが、どれだけ庶民的に振る舞っても、ガーシュの放つオーラには、王者たる威厳があった。

やがて中心地の広場に出ると、市が立っていた。フリーマーケットのような感じで、皆、思い思いに商品を売り買いしている。めずらしいものがたくさんあって、優真は好奇心いっぱいで店を見て歩いた。

「あれはなんですか？」

「ああ、あれは楽器だ。皮に張った弦をつまびいて音を出す。西の地の民族楽器だな」

「あ、あれは？　すごくきれいです！」

「あれは草花で染めた糸で織ったタペストリーだ。北の地は織物がさかんで、腕利きの職人も多くいる。ラグなども王都で多く仕入れられている」

優真の質問に、ガーシュは一つひとつ丁寧に答えてくれる。知らないことはないといった様子で、優真は感心してしまった。

「ガーシュって、なんでも知ってるんですね。すごい……」

「この国のことだからな」

（さらりとそう言っちゃうところがかっこいいな）

今日のガーシュは、いろいろな意味で本当にかっこいい。

国の人々と気さくに笑い合う笑顔が素敵なのは、彼がそれだけ、皆を大切に思っているからだ。

そんな心根だけでなく、マントを翻《ひるがえ》して颯爽と通りを行く後ろ姿も、馬を駆る姿も、彼の戦士としての一面を彷彿とさせる。

そんなことを考えながら歩いていたら、ちょうど、手作り玩具を並べた店の前に出た。見た目に可愛い素朴な玩具が、ところ狭しと並んでいる。

「ルルにお土産買ってもいいですか？」

「そうだな、大泣きしてたのを置いてきたからな」

そうして、二人でお土産を物色した。あれこれと手に取り、玩具に真剣に見入るガーシュの横顔は、先ほどの知的な雰囲気とはまた違い、なんだか可愛く感じる。またひとつ、優真の知らなかったガーシュの表情が増えた。そんなことを嬉しく思いながら、優真も熱心に選んだ。

（楽しいな）

思わず心で呟く。こんなふうに誰かと買い物をするのも初めてだ。ガーシュは今日、僕にどれだけの幸せをくれるんだろう。

「これはどうだ？」

それは、ストローのような空洞の棒の先に羽がついていて、吹くとピュッと音がして羽が広がる仕掛けのものだった。

「僕がいた世界にも、同じようなのがありました！」

はしゃいで答えると、ガーシュはうなずいた。だが、ガーシュが代金を支払おうとすると、うさぎ獣人の店主は、恐縮して耳が揺れるほどに首を振った。

「そんな、ガーシュ王子様から代金をいただくなどとんでもない！　そのようなものでよろしければ、いくらでもお持ちください！」

だが、ガーシュは応じなかった。

「王であれ、王子であれ、ものを買ったならば、代金を払うのは当然だ。しかも、あなたが心を込めて作ったものなのだろう？」

「ガーシュ様……」

「あなた方職人の仕事が、この国を、民の生活を支えているのだ。代金を払わせてくれ」

「あ、ありがとうございます……！」

ガーシュの威厳ある言葉の前に、店主はひれ伏さんばかりだった。

「大事な土産だ。礼を言うのはこちらだ」

笑って、包んでもらったお土産を受け取り、ガーシュは歩き出す。優真は、店主に向かってぺこりと頭を下げ、ガーシュのあとを追った。ガーシュのかっこよさを、またひとつ見せつけられた気分だった。

（王者の器って、本当にあるんだ……）

「どうした？」

「すごくかっこよかったです」

「何がだ？」

そんなことを話しながら少し歩くと、ガーシュは、いい匂いのする店の前で足を止めた。

今度はなんだろうと思い待っていたら、ガーシュは、紙で包んだクレープのようなものを手渡してくれた。

「昼メシの代わりだ。ほら、熱いから気をつけろ」

それは、クレープというよりも、薄い生地を何層にも巻いて焼いてあるものだった。

「どうやって食べるんですか？」

「一枚ずつ皮をはがすようにして……そう、そうだ」

薄皮はカリッと焼いてあって、その奥にソーセージのようなものが見える。二人は広場の石造りのベンチに座った。

早速、はがした生地を食べてみる。すると、香ばしい甘さが口の中に広がった。

「美味しい！」

「そうか？」

「すごく美味しいです！　名前はなんて言うんですか？」

「グルートだ。城では食べられないからな。俺も町へ出たら必ず食べるんだ」

この国のソウルフードみたいなものだろうか。買い食いをする狼の王子様……そのギャップが可笑しくも温かい。

（初めて食べるものなのに、なんだか懐かしい味……）

両親がいた頃、こういうものを買ってもらったり、作ってもらったりしたことがあったのかもしれない。優真の中の、ごくわずかだった幸せの記憶が揺り動かされる。

町の雰囲気を楽しみ、人々と温かく触れ合った。そして一緒に美味しいものを食べて……。

「素敵な国ですね」

ガイストはいいところだと、優真は心から思った。最初は、不安でいっぱいだったのに。まだ心の整理のつかないこともあるけれど、今、しみじみとそう思う。

「俺の宝物だ。民の笑顔を守ることが俺の使命だ」

優真は胸にズキンとした痛みを覚えた。まるで、ガーシュの言葉が矢となって刺さったかのように。嫌な痛みではない。むしろ――。

（ああ、わかった……）

どうして、この国を素敵だと思ったのか。

それは、ガーシュが一緒にいて、いろいろなことを共有してくれたからなんだ。でも、きっとガーシュが一緒ではなかったとしても、僕はここを好きになると思う。ここには、僕が知らなかった、生きた日常がある。

（でも、今日はガーシュと一緒だったことが嬉しかった）

城の中ではわからなかった彼の様々な顔を知り、今、その決意に満ちた横顔に見蕩れている。

痛みは鼓動に変わった。なんだろう。どうしてこんなにドキドキするんだろう――。

グルートを食べ終え、また馬に乗って、違う通りを進む。坂を上って少し開けた場所に出ると、古い石造りの建物があった。

「ここは？」

「ガイスト王立病院だ」

「病院？」

「エマに病院を見てみたいと言ったのだろう？」

驚く優真に、ガーシュは事もなげに答える。

優真に見せたい場所というのは、病院のことだったのだ。

（もしかしたら、町を案内して病院へ連れてきてくれたのは、ガーシュなりの仲直りのつもりだったのかな）

ガーシュはそれ以上何も言わなかったが、そうだったらいいなと、優真は心を弾ませた。

僕もちゃんと、仲直りの気持ちを示さなくちゃ……そう思いながら病院の中に入る。一方で、優真の心は、ふわふわしていた。この世界の病院を見せてもらえるなんて、夢みたいだ。

そこは、建物は古いが清潔で風通しがよく、明るい空間だった。医師や看護師であろう、白衣や白いエプロンをつけた狼獣人やうさぎ獣人たちが、てきぱきと働いている。

灰色の毛皮をした狼の院長が出てきてくれて、院内を案内してくれることになった。優真はたちまち見学に夢中になり、院長を質問攻めにしてしまうほどだった。

その場で働く人々にも、仕事の邪魔にならない範囲で質問をしたり、説明をしてもらったりして、優真は紙をもらって、懸命に記録をとった。

ガイスト王立病院では、丁寧な診療と看護が行われていた。化学精製されたものはもちろんなく、薬は薬草が中心。傷口を縫うところを見学させてもらったが、麻酔も鎮痛作用のある薬草で行われていた。だが、全身麻酔はどうするのだろう？　腫瘍などの発見は？

優真の知る限りでは、医療は、元の世界の十九世紀初め頃に相当する感じだろうか。だが、医師や看護師の懸命さを思えば尚更、優真はもどかしくなった。

(あの設備があったら、あの薬があれば……)

「疲れたか？　ずいぶん熱心だったが」

考え込んだ優真の顔を、ガーシュが覗き込んできた。その顔の近さに胸を跳ねさせながら、優真は「大丈夫です」と笑う。

(びっくりした……)

「最後に、テラスに寄るから少し待っていてくれ。ベンチがあるから休んでいるといい」

優真がドキドキしているのに対して、憎らしいほど平然として、ガーシュはテラスへと足を向ける。

日当たりのよい広いテラスは見晴らしがよく、日光浴をしている患者がたくさんいた。包帯を巻いている人が多く、皆、怪我を負っているように見受けられる。

ガーシュは彼らに声をかけて回っていた。ガーシュに話しかけられ、皆、嬉しそうだ。中には、感極まって涙を流している人もいる。

ガーシュは、黒い毛皮の青年の横に屈むと、顔を見上げて呼びかけた。

「デール」

「ガーシュ様！」

声をかけられた青年は、驚きののちにすぐに右手を胸に当て、頭《こうべ》を垂れた。王子に敬意を示しているのだろうか。

「頭を上げてくれ。具合はどうだ？　このような大怪我をさせて、本当に申し訳ない。許してくれとはとても言えないが、代われるものなら代わってやりたい……」

(あの人、足が……)

青年は、片足を失っているようだった。膝から下のその部分の着衣が、頼りなく風に吹かれている。ガーシュは、彼の膝の辺りにそっと手を触れた。

「王子、そのようなもったいない……どうぞお立ちください!」

青年は慌ててガーシュを促す。その灰色の目には、涙が浮かんでいた。

「王子がこうして見舞ってくださるだけで私は本当に……」

「デールの父上にも母上にも、申し開きができぬ。何をしても君の失った足の代わりにはならないが、せめてよい義足を用意させてくれ……これくらいしかできない自分がもどかしくて、腹が立つのだ……」

ガーシュは声を詰まらせている。見ていて、心を抉《えぐ》られるような光景だった。

やがて、戻ってきたガーシュは、厳しい顔つきで優真の隣に座った。そして、目と目の間を険しくしたままで、ふっと語り出した。

「ここには、戦いで傷を負った者が多く入院している」

「前に言っていた、国境での戦いのことですか?」

「国の中心地は平穏だが、国境では今も小競り合いが繰り返されていて、ガイストはずっと兵を派遣している。主には獅子族との戦いだ」

「テラスにいる人たちは、皆さん、前線で怪我を負われたのですか?」

ああ、とガーシュはうなずいた。そして、晴れわたる空を見上げる。

「俺は無力だ。共に戦った彼らに何もしてやれない」

「そんなことありません！　ガーシュがこうしてお見舞いをして、みんな勇気づけられたと思います」

優真は思わずそう言ったが、ガーシュの厳しい表情が緩むことはなかった。

「かといって、それで症状がよくなるわけではないだろう？」

「……僕が」

絞り出すような声で優真は言った。

「僕がお手伝いします。傷だったら僕が……！」

なんとかガーシュの役に立ちたいと思って出た言葉だった。だが、ガーシュは静かに答えた。

「ユーマの気持ちは嬉しいが、癒やしの力を施すのは、日に一回が限度だろう？　それではキリがないのだ。もし、途中で力を施すことができなくなれば、不平等が生じる。癒やしの力はユーマの心身の消耗を伴うものだ。そもそも、おまえの身体がもたない」

諭すようなガーシュの声の前に、優真は頭を垂れた。その通りだと思ったからだった。

ここで傷を治すことは、ルルが野バラのトゲで傷つけた肉球を治すとはわけが違う。それこそ命がかかっているのだ。

「癒やしの力は、異世界の花嫁の希望の象徴であって、現実の落胆であってはならない。希望であることが民の力になるんだ。そうだろう？」

「はい……」

——優真の力は、生きる者の命を救う、本当に尊いものだ。だが、それは医学ではないんだよ。

父親が言った、その言葉の意味が身に沁みる。癒やしの力は万能ではない。慢心してはならないと、父はそう言いたかったのではないだろうか。

優真は唇を噛んだ。確かに自分の持つ力には限界がある。だが、だからといって傷ついた人たちをこのまま見ていることは辛すぎた。

(やっぱり、早く、早く医者になりたい。病気の人も、怪我を負った人も治療できるように)

ガーシュは俯《うつむ》いた優真の髪を、またくしゃっとかきまぜる。

「俺が子どもの頃は、王都は国境の近くにあった。美しい町だったが、獅子族に侵攻されて、俺の両親は亡くなった。その後、兄上が王都を今の場所に移したのだ」

「……ルルのお母さんはどうして亡くなったんですか?」

病気で亡くなったとは聞いていなかった。聞くのは怖かったが、知らなければいけないと、優真は思った。

「生家でルルを出産し、城へ戻る途中に獅子族の兵に襲われて、ルルを庇って死んだ」

なんて残酷な……優真は言葉を失う。ガーシュも幼い頃に両親を亡くし、ルルもまた、生まれたばかりで母親を亡くしたなんて。

ガーシュはひと息つく。そして、拳を握りしめた。

「俺たちだけじゃない。国同士の諍《いさか》いに巻き込まれ、罪もなく死んでいった者たちはたくさんいる。デールは俺の腹心の部下だった。俺を庇って片脚を失って……こんな馬鹿げた戦いは、早く終わらせなければならない」

「そのために、大陸を統一しなければいけないんですね」

「そうだ。俺が終わらせてみせる。きっと……」

だから異世界の花嫁が必要なんだ。

そう思ったら寂しくなったけれど、優真は、病院で見た光景に深い思いを抱き、ガーシュの生い立ちに共感せずにいられなかった。高潔な、その決意に感動した。

そして優真も、自分のことを語り始めていた。僕はきっと、ガーシュに聞いてほしいんだ。そう思いながら。

「前にも言いましたが、僕も子どもの時に両親を亡くしました。それから、お母さんのお兄さん……伯父さんたちに引き取られたんだけど、ずっと、癒やしの力をお金儲けに利用されていたんです」

一気に言い切って、ふっとため息をつく。ガーシュは怪訝な様子で、「金儲け？」と首を傾げた。

「癒やしの力で、普通の病院では診せられないような、その……犯罪がらみの傷を治させて、それで商売をしていたんです」

「優真の力を利用して私腹を肥やしてたっていうのか？　酷い話じゃないか！」

ガーシュは黒灰色の毛皮を逆立てんばかりに、怒りを露わにした。

「そんなやつらの世話になっていたのか？」

「生活とか、学校とか……そうしないと生きられなかったから……。いや、そんなことは言い訳です。今ならわかるんです。ガーシュやルルは、それでもしっかりと生きてきたのに、僕は本当に弱かったって……」

「そういうことじゃないだろう？　ユーマを利用した、そいつらが悪なんだ。自分を卑下するな」

ガーシュは、目を怒りで煌めかせていた。その煌めきをきれいだと思ってしまう。それはやっぱり、彼の言葉が嬉しいからだろうか。

「ガーシュ……僕のために怒ってくれるんですか？」

「当たり前だろう？　俺のユーマによくも……」

（今、俺のユーマって言った？）

花嫁じゃなくて？

胸の鼓動が高まり、顔が熱くなる。そんな自分を紛らわせたくて、優真は、少し早口になった。

「父親は医者だったんです。でも、両親ともに病気で亡くなって、それなのに自分には傷を治す力しかないことが悔しくて……だからこそ早く、お父さんみたいな医者になって、病気も怪我も治せるようになりたかった。だから、伯父さんたちの言うことをきく代わりに、医科大学……医術の学校に通わせてもらっていたんです。その途中でここへ来たんですけど、これからどうなってしまうのかな……」

ではなく、どうしたらいいのかな、と言うべきだった。

花嫁のこと、医者になりたいという夢、今なら、きっと前みたいにすれ違わずに話し合えたんじゃないかと優真は思う。

「ここで医者になればいいじゃないか」

ガーシュはテラスを見渡しながら言った。日向ぼっこをしていた患者たちが、看護師に支えられ、それぞれ部屋へ帰って行く。

「ここで？」

優真は驚いてガーシュの顔を見つめた。ガーシュもまた、優真の顔を見つめ返す。

「そうだ。ガイストにも医者を育てる機関はある。ユーマは癒やしの力を持つことで、命の尊さを知っている。きっとよい医者になるだろう。我が国は戦いが長引いているために、慢性的に医者不足だ。医術の充実は、ガイストの重要な課題でもある。アルのように、長く咳に苦しむ子どもも多い。流行り病の心配だってある。それに」

ガーシュはふっと表情を緩ませた。

「医者になることは、ユーマの生きる支えだったのだろう？　その夢を、ここで叶えることはできないか？」

そうだ……元の世界でなくても医者になることはできるんだ。

優真はハッとして、目の前の霧が晴れたように感じた。

そうすれば、きっとガーシュの助けにもなる……！　優真の胸に、新しい希望の灯《ともしび》がともった。

「本当だ……。僕は元の世界の医療の勉強しかしていないけど、きっと僕たちの身体と、ガーシュたち獣人の身体は違いますよね。ここで医者になるなら、そこから学ばなくちゃ……ガーシュ、どうかしたんですか？」

ガーシュは驚いたように、目を丸くして優真を見つめていた。

「そんな嬉しそうな顔、久々に見た」

今日一日は、たくさん笑ったし、楽しかった。だが久々というのは、きっと、『初夜の儀』のことですれ違いになった、あの日のことだ。僕はあれから今日まで、ガーシュに笑っていなかったんだ……。

ガーシュが笑うと、自分も嬉しくなることを優真は知った。

彼の笑顔をもっと見たい。そのためには、僕も笑顔でいないと——心からそう思う。

「今日は本当にありがとうございました。町と、病院を見せてくれて」

「楽しかったか？」

「はい！　とても！」

元気よく答えると、ガーシュは笑った。

「それはよかった」

その言葉に、どれだけの思いが込められているのだろう。笑いかけると、ガーシュもまた笑い返してくれた。そして、真面目な顔に戻る。

「この前は悪かったな。おまえの気持ちを無視して『初夜の儀』を無理強いした。ずっと、謝らねばと思っていた」

思いもしないガーシュの謝罪に、優真は目を瞠る。

「焦っていたのだ。帰ってほしくない、帰したくないと思っていた。おまえを早く花嫁にしたかった……いや、自分のものにしたかったのさ」

「そんな、ガーシュ……」

戸惑いの声しか出てこない。だが、それが、戦いを早く終わらせるためだとしても、優真はガーシュが示してくれた真心が嬉しかった。

「あれは、僕も、その……」

本当に、本当に、なんて言っていいのかわからない。あの時のように、男同士だから納得できないという言い訳は、言えなかった。

（どうして……？）

「もう、あのような無理強いはしないと約束する。いつまでも待つさ……希望を与えてくれるなら」

言い切るガーシュに、優真の鼓動と頬の紅潮が高まっていく。どうしよう、なんて言ったらいいんだろう。希望を与えるってどういうこと？　戸惑いの中で、優真は懸命に言葉を探した。

「あ、あの、あの時は僕も自分の考えを押しつけるばかりで……その……上手く言えないけど、今、ガーシュがそう言ってくれて、すごく嬉しいです」

支離滅裂な答えに、ガーシュは、きりっとした目元を優しく緩めた。

「俺は、ユーマがそうやって一生懸命に言葉を探しながら伝えようとする姿が好きだ」

「ええっ？」

本当に、今日のガーシュは予想がつかないというか、いろんなことを裏切りすぎだ。そして、それはまだ終わりではなかった。ガーシュは緩めた目元を、きらりと煌めかせる。

「それでと言ってはなんだが、俺からユーマに頼みがある」

「僕にできることなら、なんでもします！」

今度は即答した優真だったが、ガーシュの返答はまた、はるばると優真の予想を超えていた。

「その、『します』とか、『です』とか、やめにしないか？」

「やめ？」

きょとんとする優真に、ガーシュは噛んで含めるように自分の思いを説明する。

「つまり、俺に対して、もっと気軽に話せということだ。おまえは臣下ではないのだから」

「そんな……これは、僕にとっての普通なんです。それに、ガーシュは年上だし、王子だし、そんなの、どう話せばいいのかわかりません。呼び捨てにしてるのだって、いつもいいのかなって思ってて……」

「ルルには普通に話してるじゃないか」

「ルルとガーシュは違います！」

「違わない。同じ王子で、おまえとは運命的な間柄だ。はっきり言うが、俺はルルが羨ましい時がある」

どうだ？　と言わんばかりにガーシュは強い目力で詰め寄ってくる。

ルルが羨ましい？　なんで？　混乱の中、ガーシュの圧しに優真は屈服してしまった。

「わかりました……じゃない、わかった……急には無理だと思うけど、気をつけます……じゃなくて、気をつけるね」

優真の返答に、「ははっ」と声を上げて笑い、ガーシュは「それでいい」と答えた。

「わかりま……わかったよ」

赤く染まり始めた空を背に、ガーシュの狼の横顔が、凜々しく映えている。

本当に王者そのものだ……答えを噛みながら、優真は彼の横顔に見蕩れずにはいられなかった。

「そろそろ帰るか。ルルも待ってるし、土産も買ったしな」

ガーシュは病院をあとにするべく、立ち上がって踵《きびす》を返す。

「待って！」

優真は思わず、彼のマントの裾を摑んでいた。振り向くガーシュの顔が正面から見られない。優真は俯き加減で口を開いた。

「あの……本当に楽しかったし嬉しかった。いろんなお店とか、グルート食べたこととか、病院とか……」

一所懸命に話す優真に、ただ「ああ」とうなずき、ガーシュは大きな手のひらで優真の手を包み込んだ。

(ガーシュ……!)

そのまま手をつないでマントを翻し、ガーシュは歩き出す。優真はその手をふりほどけなかった。いや、ほどこうとしなかった。

「今度は、花が咲き乱れる高原を見に行こう。前に、話しただろう?」

「行きたいです。じゃない、行きたい!」

いつか、花嫁に見せたいと言っていた景色。優真は、その景色を見たいと思った。

ガーシュと一緒に。

手をつないで歩きながら、優真は考えていた。

僕は、どうして彼を引き留めてしまったんだろう。どうして手を離せなかったんだろう。もう少し、二人でいたいと思ってしまったのはどうして?

優真よりもひと回り以上身体が大きくて、歩幅もずっと大きいガーシュが、優真のペースに合わせて歩いている。彼を横目でちらりと見たら、包まれていた手を、ぎゅっと強く握られた。

(こんなにガーシュの手のあったかさが心地いいのはどうして……?)

馬を待たせている場所まで、二人はずっと手をつないで歩いた。

4

二人で町へ出かけた数日後から、ガーシュはまた城を留守にした。国境へ、獅子族との戦いに赴いたのだ。

その間、優真は、早速ガイストの医学書を読んで勉強を始めた。

まずは、獣人の身体の成り立ちからだ。しかし、文字は読めるものの、内容を理解するのは大変だった。専門用語も多く、わからない単語もある。

だが、新しい目標ができたのだ。一からの学びだが、今こうして、ガイストの医学に触れている。優真は学ぶこと、学べることの楽しさを感じていた。そのことに気づかせてくれたのは、ガーシュだ。

一方、ルルの『意志をもって飛ぶ』練習も欠かさず続けている。

ルルはだんだんとやんちゃ度が増し、あれだけ痛い目にあったにもかかわらず、お散歩感覚で他国へ出かけたり、成長した分、力が大きくなって、異世界に飛んでしまったりすることもある。だが、トレーニングの成果で、自分の意志で戻ってくることはできるようになった。

能力と、実際の年齢（もうすぐ一歳になる）とのアンバランスさは相変わらずだ。城の中のものを動かして遊ぶなどのいたずらも続いている。

そのたびに振り回される優真だが、繰り返し力の制御を説き、黄泉の国に飛んではならないことを懇々と話した。

――よみのくにってなんでちゅか？

絆が深まり、頭の中で会話ができるようになったからか、ルルはそんな質問をしてくる。やっぱり今までは、黄泉の国について理解していなかったようだ。

——亡くなった人が旅立つ世界だよ。だから、生きている者はそこに行ってはいけないんだ。飛んでしまったらもう二度と戻ってこられなくなるんだよ。

黄泉の国へは、亡骸を介して飛ぶらしい。ルルは、わかったような、わからないような顔をしている。具体的にイメージができないのだろう。

(難しいよね、実際は、まだ赤ちゃんなんだもんね)

だが、ルルの命を守るためなのだ。

(僕もがんばらなくちゃ。勉強も、ルルのことも。ガーシュもがんばっているんだから)

そうして、優真はふっと不安になる。

(ガーシュ……無事だよね。早く帰ってきてほしい)

病院で負傷した人たちを見て、現実の戦いを知った今は、彼のことが心配でならない。

——ガーチュがいないとさみちいでちゅか?

「えっ?」

頭の中にルルの声が聞こえて、優真はその問いの意味に戸惑った。まるで、ルルに心の中を見られてしまったようで……だが、ルルは「ばぶ」と答えただけだった。

「もちろん早く帰ってきてほしいけど、ルルがいるから大丈夫だよ」

声に出して、もふもふのルルをぎゅっとすると、心が落ち着いた。でも、「寂しくないよ」ではなく、「大丈夫だよ」と答えたのは、自分の心に嘘がつけなかったからだ。

「ばぶぶー」

耳の付け根をこちょこちょして、とルルが頭をすりすりしながら催促してくる。指先でくすぐってやると、ルルは嬉しそうに声を上げて笑った。

(可愛いなあ)

ルルに癒やされ、助けられているのは僕の方だ。そう思いながら、優真は一心に願った。

(ガーシュ、どうか無事で帰ってきて。ガーシュが傷つくのは嫌だけれど、もし怪我をしていたら僕が治すよ。だからどうか早く――)


それから数日後、ガーシュは国境の戦いを一旦収束させて、無事に城へ帰ってきた。

優真の願いが届いたのか、怪我もなく元気だ。その姿を見た時、優真は張り詰めていたものが切れて、その場にへたり込んでしまった。

「おい、どうしたんだ!」

「大丈夫……。ガーシュが無事だったから安心しただけ……」

「俺がやられるわけないだろうが」

「だって、心配で……夜も寝られないくらいに不安だったんだから」

前に戦いに出た時とは、自分の気持ちが違っていた。心配で心配で、心から無事を祈っていた。訴える優真の目が泣き出しそうに潤む。ガーシュの表情が、ふっと優しくなった。

「それは、心配をかけてすまなかった。ほら、立てるか」

「ありがとう……」

差し伸べられた逞しい腕につかまる。これでは、どちらが心配されていたのかわからない。優真が恥ずかしそうに笑うと、ガーシュは苦笑した。

——ガーチュがてれてるでちゅ。

——ちがうよルル！　いつもみたいにしょーがねーなって感じだよ！

「おい、二人だけで喋るなよ」

「あっ、ごめんなさい。ガーシュ」

「ルルはなんて言ってるんだ」

「いやっ、それはその……それより早く、セルシュ様のところへ行かなくちゃ」

「ばぶっ！」

ガーシュは釈然としない顔のままでルルを肩車し、優真はその隣に寄り添う。さすがの天然優真でも、それは言えなかった。

王の部屋へと向かう三人を見送り、エマは鼻をむずむず、ひげをピクピクさせながら、心の中で呟いた。

（あああされてると、まるで、ほんとの親子みたいだよね。男同士とか言ってないで、お二人とも早く、くっついちゃえばいいのに。ユーマ様が天然なのは仕方ないとしても、ガーシュ様も意外と押しが弱いんだから）

二人の近くにいる分、何かと気苦労の絶えないエマだった。

＊＊＊

ベッドの上に起き上がり、セルシュ王は、古文書を読みふけっていた。

ガイスト古代文字で綴られたその書を読み解けるのは、この国では彼しかいないと言われている。それほどに難解な書だ。

確かこの書で目にしたことがあるのだ……セルシュ王は、優真が召喚されてきてから、異世界の花嫁について、古来の伝承を改めて調べていた。

「あった……これだ……」

『雄の花嫁と、狼族長の婚姻譚――ガイスト暦二八三年　記。

飛ぶ者より召喚されれし、かの花嫁は雄でありき。なれど族長は花嫁を慈しみ、初夜の儀にて契りを交わし、本来は孕まぬ身体であるにもかかわらず、世継ぎを得たと言ふ。摩訶不思議な事柄であれど、運命の繋がりによる奇跡であると族長は答へた。しかしながら、飛ぶ者が語るには、その因は花嫁の伴侶である雄にありき。それすなわち、異世界の花嫁の伴侶に選ばれたる故の力であるといふ。孕まぬ身体を造りかえる術は……』

本当は字を追うのも辛いのだ。だが、セルシュ王は、どうしても確かめておきたいことがあった。ガーシュと優真、二人のために……。時間がない。セルシュ王は、自分の命がもう長くないことを知っていた。

「兄上、ただいま戻りました」

ガーシュの声に、セルシュ王は本を閉じ、三人を出迎えた。ベッドで本を読んでいると、「疲れるからだめだ」と、ガーシュに窘《たしな》められるのだ。

「ご苦労であったな、ガーシュ。おまえの戦いぶり、指揮の見事さは聞き及んでいるよ」

兄のねぎらいの言葉に、ガーシュは誇らしげに笑み、ルルは父親のところに行きたくて、手足をばたばたさせている。

――パパしゃま、だっこちてほちいでちゅ。

「ルルが、セルシュ様に抱っこしてほしいと言っています。お身体は大丈夫ですか?」

優真がルルの言葉と共に気遣いを伝えると、セルシュ王はうなずいて「おいで、ルル」と腕を差し伸べた。

「ユーマはもうすっかり、ルルの言葉がわかるのだな」

「はい、少しずつですが、わかるようになってきました。頭の中で言葉が響くような感じですが、実際は心で通じているように思います」

優真は笑顔で答えた。ルルはガウンの内側に入れてもらってご機嫌で、いつも通りの和やかな光景だ。だが、優真は内心、驚いていた。

(すごく痩せられた……?)

数日前に部屋を訪れた時よりも、確実に痩せている。頬はこけ、見事だった灰色の毛皮や尾の艶は失われ、ルルを抱く腕は、骨が浮き出て痛々しかった。

ガーシュをちらりと見ると、彼もまた険しい視線を一瞬だけ送ってきた。

セルシュ王は戦いで負った傷が原因で、高熱が続いたのだという。

（破傷風みたいなものだったのかもしれない。傷口から細菌感染して……）

元いた世界の、現代の医学ならば治療できたのに……怪我をされた時に僕がいれば、なんとかできたかもしれないのに……。言っても仕方のないことばかりを思い、優真は胸が締めつけられた。

嫌な予感しかしなかった。

一方、ルルは嬉しそうな顔で父親にじゃれている。セルシュ王も笑顔だ。

「さあルル……兄上を疲れさせてはいけない。今日はこれくらいにしよう」

「がるっ！」

ガーシュの促しに、ルルは怒ってそっぽをむいた。

――いやでちゅ。もっとパパしゃまのおそばにいるんでちゅ。

「ルル、ご本を読んでから、ブラッシングをしてあげるよ。尻尾がふわふわになるよ」

身を切られるような思いで、優真もルルを促した。大好きなブラッシングと聞いて、ルルは尻尾をぱたぱたとさせたが、セルシュ王からは離れがたそうだった。

「行っておいで、ルル。また明日来ればいい」

「そうしよう。行くぞ、ルル」

――わかったでちゅ……。

（ごめんね、ルル）

少しでも側にいさせてあげたい。だが、ルルを胸元に抱くことも、セルシュ王は辛そうだったのだ。

ガーシュに抱っこされ、ルルはしばらくの間、膨れっつらのままだった。

だが次の日、ルルは父親に会うことはできなかった。セルシュ王の容態が悪化したのだ。高い熱が下がらず、わずかの水分も取れなくなった。城の中には緊張と不安が立ち込め、皆が祈りを捧げている。

「もう、為す術はないそうだ……」

ガーシュは絶望に満ちた目を伏せた。優真は一瞬、絶句し、そしてガーシュの両腕を摑んだ。

「お願いです、ガーシュ。僕にやらせて……セルシュ様に癒やしの力を……!」

「だが、おまえの力は傷への癒やしであって病には……」

「わかってる。わかってるけど……」

昼寝をしているルルを起こさないように小声で、だが優真は懸命に訴えた。見上げたガーシュの藍色の目が、黒灰色の毛皮の中で哀しみに濡れている。

「でも、傷が原因の病なら、効くかもしれない。僕がセルシュ様のためにできることがあるなら、なんでもしたいんだ……!」

セルシュ王は異世界に飛ばされた優真を案じ、温かく迎えてくれた。異世界の花嫁について優しく説いてくれたのも彼だった。

そして、父親との時間をまだ少ししか持たないルルのために。尊敬してやまない兄を失おうとしているガーシュのために。

優真の懸命な姿に、ガーシュは頭を垂れた。今はもう、頼れるものがあるなら、なんにでも縋りたい心境だったのだろう。

「そうだな……たとえ少しでも可能性があるのなら……」

よろしく頼む——ガーシュと共に、優真はセルシュ王のもとに赴いた。

人払いをしてベッドの側にひざまずき、優真は浅い息を吐くセルシュ王に語りかける。

「セルシュ様……どうか僕に、癒やしの力を使わせてください」

「自分の寿命はわかっているよ……それに、君の力は違う種類のものだろう？　無理しなくていい。ユーマ……」

王の声は、小さくはあったが、凛としていた。優真は涙を溜めた目でもう一度、許しを乞う。

「セルシュ様、どうか……」

「兄上、ユーマはこれまで、望まぬ形で癒やしの力を利用されてきた。だから今、自分の大切な人のためにこそ、力を使いたいんだ」

ひざまずいた優真の背をガーシュがそっと押す。優真はただ、何度もうなずいた。

「セルシュ様……」

王は優しく笑った。この笑顔を一生忘れないだろうと優真は思った。

「そうか……では、お願いするよ。ユーマ」

セルシュ王には、肩から背中にかけて、そして脇腹に大きな傷があった。傷は塞がっているが、その前に細菌感染したのだろう。優真は古い傷に手を触れ、心を集中した。

だが、祈りにも似た時間は、それほど長くは続かなかった。

いつもならば、力を施す時に、光であったり熱であったり、自分の中から発せられるものが自覚できる。それが、まったく感じられない……絶望の中で優真は集中力の限界を超え、ふっと気を失いかけた。

その細い身体を、ガーシュが受け止める。ガーシュの腕の中で、優真は唇を噛んで涙を堪えた。無力な自分が不甲斐なかった。父や母の時に感じたのと、同じ無力感だった。

セルシュ王は、静かに微笑んだ。

「ありがとう、ユーマ」

「でも僕は……っ」

「君が手を触れてくれたところが、ほんのりと温かくて、心地よかった。まさに、これを手当てというのだな……」

こんな時なのに、セルシュ王は嬉しそうに笑っていた。優真の心を、わかってくれたのだ。

「セルシュ様、僕はガイストで医者になります」

優真は顔を上げ、はっきりと告げた。

あなたのように、病に倒れた人を救いたい。癒やしの力に頼らずに、戦いで怪我をした人を救いたいんです。

それは、優真の中に生まれた、これまでよりもずっとずっと固い決意だった。

「必ず、医者になって、ひとりでも多くの命を救います……！」

「兄上、ユーマはきっと良い医者になる。ユーマが民の命を救い、そして俺はこの戦乱の世を終わらせてみせる」

そうだな、とセルシュ王は微笑んだ。

「二人のその姿を見たかったよ……」

消え入るような声で言って、セルシュ王は眠りに誘われていった。

規則正しい寝息を確かめて、優真とガーシュは王の部屋を出た。

「ガーシュ、僕、やっぱりだめだった。セルシュ様を救えなかった……」

嘆く優真の肩を、ガーシュはそっと抱き寄せる。哀しくて、悔しくてたまらないのに、優真は頬に触れるガーシュの毛皮の感触に、心を温められた。

「その悔しさこそがいつかきっと、多くの命を救うんだ」

ガーシュの言葉が、静かに優真の心に沁みこんでいく。

揺るぎなくはっきりと言い切る、彼の口調を苦手だと感じたこともあった。だが今は、こんなにも力強く温かく、彼に守られていることを感じる。

セルシュ様は、僕とガーシュが結婚する様を見届けたかっただろうか。

異世界の花嫁としての僕の姿を、見たいと思ってくださっていただろうか……。

後悔はつきない。だが……。

「現実は受け入れなければならない」

ガーシュは、肉親としては理性的すぎるのではないかと思えるようなことを言った。

――でも、僕は知っている。

王亡きあと、己が背負わなければならないものの大きさの陰で、彼が最愛の兄を思い、見えない涙を流しているということを。

その翌日。

城の中の主たる家臣が王の部屋に集められた。

その面々の前で、セルシュ王は、狼族ガイスト国王としてのすべての権限と義務を、弟である第二王子、ガーシュ・ダ・ガイストに委ねると宣言した。

（セルシュ様……）

優真はルルを抱き、ベッドに横たわったままの王に寄り添っていた。ルルは神妙な顔をして、優真にしがみついている。

ガーシュは涙も見せず、信書と共に代々王家に伝わる聖剣を継承した。

その聖剣はガイスト創世の折に、始祖が携えていたものと言われている。だが、封印が施され、何ぴともその剣を抜くことはできなかったという。

最後の務めを果たしたセルシュ王は、微笑んでガーシュの手を握った。

「ガーシュ、良き王として国を治めてほしい……おまえなら、大丈夫だと、思うが……」

「兄上、もう話さないでいい。わかっているから、俺は」

こんな時でもガーシュは自分を律し、毅然としている。優真はその横顔を見つめ続けていた。

（ガーシュ、立派だよ……。でも、あとでたくさん泣いてもいいんだからね……）

その時は、どうか僕に受け止めさせて。

そしてセルシュ王は、枕の上で顔を傾けた。

「ルル、顔を見せておくれ……」

――パパしゃま……。

ルルは耳がぱたんと倒れ、いつも元気な尻尾は垂れ下がったままだった。

わかっているのだ。父との別れが近づいていることを。ルルをセルシュの枕元に添わせ、優真は唇を噛んで涙を堪えた。

セルシュ王は、ルルに儚く、だが愛情深く微笑みかける。

「ルルを頼む……」

それが、セルシュ王の最期の言葉となった。


数時間の後、セルシュ王は、ガーシュとルル、そして優真が見守る中、眠るようにして息を引き取った。

しばしの間、呼吸さえも戸惑うような、しんとした空気が部屋に張り詰める。その空気を、突然、号泣が破った。

「うわあああああん！」

――パパしゃまあ！

泣きながら、ルルは優真の腕の中を飛び出そうとして手足をばたつかせる。ガーシュも優真も、ルルが何をしようとしているのか察し、優真はその身体を必死で押さえた。

――パパしゃま、いくのっ！

「ルル、だめっ！」

「ユーマ、ルルは俺が止める！　こちらへ！」

――やなの！　いくの！　パパしゃまあ！

――ルル、約束したよね。絶対に黄泉の国へ追いかけて行ってはいけないんだよ！

だが、優真が何を言ってもルルの耳には入らない。ガーシュもまた、優真の腕の中で暴れるルルの手を掴んで叫んだ。

「ルル、だめだ！　ユーマ！」

フリューアの飛ぼうとする力は、思った以上に強いものだった。ガーシュの手は振り払われ、ルルは優真を引きずるようにして、セルシュの亡骸へと向かう。その力に抵抗し、優真は懸命に足を踏ん張った。

ガーシュは優真の身体ごと抱えて、ルルが飛ぼうとする力を阻止する。亡骸に入り込んでしまったら終わりだ。

「いけない！　ルル！　行くな！」

――パパしゃま、パパしゃま！

ガーシュの叫ぶような声も虚しく、ルルは優真を引きずったまま、セルシュの亡骸の中へと消えていく。

「ガーシュ！」

優真の悲痛な声が響く。その刹那、ガーシュは優真の袖を掴んだ。

だが、引き戻すことはできなかった。ガーシュもまた、二人と共に、黄泉の国へと引きずり込まれていった。

＊＊＊

優真がルルを抱いて落ちたのは、暗闇の空間だった。右も左も前後もわからない。わかるのは、胸に抱いていたルルの感触だけだった。

――ルル、大丈夫？

――だいじょぶでちゅ。

ルルの無事を確かめ、優真は怖々と辺りを見回す。

（ここが黄泉の国？）

暗闇の中、身体にまとわりつくような、冷たく湿った風が吹いてきた。その風の音だろうか。空間の中で反響して、まるで笑い声や呻き声のように聞こえてくるのは。

――ガーチュ、いない。

――うん……。

優真は額の汗を拭った。嫌な感じの汗が流れ落ちてくる。

「ガーシュ、どこ？」

呼んでみたが返事はない。反響した声がこだまとなって、同じことを馬鹿にしたように繰り返すだけ。ガーシュ、どこ――一緒に落ちたはずなのにはぐれてしまった？　心細くて身震いがする。

（どうしよう……）

優真が辺りを見渡した時だった。

――パパしゃまはどこにいるでちゅか……？

「ルル！」

優真の大きな声に、ルルは一瞬、身体をびくつかせた。耳を垂れ、尻尾を巻いて縮こまる。叱られたのだと思ったのだろう。

――ルル、パパしゃまにあいたいでちゅ……。

約束を破ってここに飛んだルルに対し、思わず大きな声を出してしまった。だが、ぽろぽろと涙を零すルルを見て、優真は胸が締めつけられた。

ルルはただ、セルシュ様に会いたかったんだ。いたずらで飛んだわけじゃない……。

それでも、決まりを破ったことは事実だ。だが、それはあとだ……今はこの場をなんとかしなくては。

優真はルルを抱っこし直し、もふもふの毛皮に手を差し込んで頭を撫でた。

――ごめんね、大きな声を出して……。セルシュ様はどこにいるのかわからない。今はとにかくガーシュを捜そう。

――ルル、ごめんなちゃいでちゅ……。

胸元から小さな声が聞こえた。何も言わずに、ただ頭を抱き寄せる。僕はとにかくルルを守らなければ。優真は勇気を奮い立たせた。

暗闇に目が慣れてくると、霞のような影がたくさん蠢いているのが見えてきた。時折光るものがあり、まるで目玉のようで気味が悪い。

——なに、あれ……。

——ちにがみでちゅ。

「死神？」

優真はゾッとして腰を抜かしそうになった。

そうだ、ここは黄泉の国だ。死神がいたっておかしくない。おかしくないけど……っ。

さらに恐ろしいことに、実体を持たない影たちは、なにやらひそひそと囁いている。

『生きた魂の匂いがするぞ』

『なんだと？　この死者の世界に、それは由々しきこと。黄泉の門をくぐりぬけ、どうしてここへ入った。門番様に報告せねばならぬ』

『いやいや、それには及ばぬぞ。めったにないご馳走だ。食ってしまえ』

食ってしまえ——！

突然に、囁きが雪崩《なだれ》のように大挙して押し寄せてきた。

あの影に取り込まれたら終わりだ！

直感し、優真はルルを抱きしめ、影に捕まらないよう必死で身をかわした。

それは、恐怖との戦いだった。かわしてもかわしても、実体をもたない影は形を変え、ある時はつながり、またある時は分裂しながら襲いかかってくる。

——パパしゃまあ！

ルルは既に泣きじゃくっている。恐怖に震えるルルを庇いながら、優真は走った。身を守るには、逃げることしか術をもたなかった。

「ガーシュ！　ガーシュどこにいるの？」

叫びながら、優真は走った。いつでも、ガーシュは側にいてくれた。険悪な時もあったけれど、それでもいつも側にいてくれた。

(おまえは俺が守る)

そう言ってくれたのに、彼はここにいない。ガーシュ、どうして、ガーシュ……！

「あっ！」

走りすぎた足首がかくんと傾いで、ルルを抱いていた優真は、バランスを崩してその場に倒れ込んでしまう。すぐに立ち上がろうとしたが、足首が言うことをきいてくれない。挫いてしまったのかもしれない……。

(嫌だ。こんなところで、ガーシュに会えずに死ぬなんて、絶対に嫌だ！)

「ガーシュ！」

ルルを抱えて膝をつき、ぬめぬめと湿った地面を這いながら、優真は再び叫んでいた。

痺れのような痛みが足首に響き、起き上がることができない。だめだ。もう逃げられない。ガーシュ、嫌だよ、もう一度会いたい……！

『では、いただくとしようか。なんの因果か知らぬが、生きた身でここへ来た、そのさだめを呪うのだな』

舌なめずりを感じさせる湿った声音と共に、影が伸びてくる。優真はルルを抱いたまま身を縮こまらせた。もうだめだ。もう終わりだ……！

『待て！』

その声に、影どもの動きが止まる。なに？　と思ったのも束の間、優真たちはさらに残酷な状況に追い詰められた。

『その狼の赤子、フリューアではないのか？』

『なに？』

『ただならぬ魂の匂いだ……わからぬのか』

『そうだ、フリューアは死人の骸《むくろ》から黄泉に飛べると聞くぞ……極上の魂ではないか』

『ならば、その魂は黄泉王様に献上せねばならぬ』

『何を言う。我らは所詮、黄泉王様には近づけぬ身。今ここで食らおうぞ』

『なんだと？』

どうやら、死神たちはルルの魂をめぐって仲間割れを始めたようだ。その隙に、優真は音を立てないように、ぬめぬめと湿った地面をルルを抱えたまま、夢中で匍匐《ほふく》前進した。

『逃げるぞ！』

『生きた者のくせにこざかしい！』

影がぬっと伸びて、優真の腕からルルを奪う。

「ルル！」

「がるっ！」

ルルは唸って、影に嚙みついた。すると、影はそこからほろほろと崩れ、塵となって地面に落ちた。

『こやつ、核を嚙み砕きおったぞ！　気をつけろ！』

（な、なにが起こったの？）

優真は恐怖と絶望に震えたまま動けない。それでも、あらん限りの心をかき集めて、「ルル！」と精一杯に腕を伸ばした。

『殺すでない！　生け捕りにしろ！』

たちまちルルは、影の上に担がれるようにして囚われてしまう。

――ユーマ、いやでちゅー！

『この、ただの生き者はどうする』

『せっかくのご馳走だ。今ここで、皆で食らおうぞ！』

――ユーマ！

――ルル！

「そうはさせるか！」

二人が叫び合ったその時、暗闇に閃光が走った。

それは、ルルを囚えていた影をなぎ倒しながら幾度も閃《ひらめ》く。斬られた影は、ルルが噛みついた時と同じように、塵となって空に舞う。そのたびに少しずつ視界がほの明るくなり、優真は、光の中に、ルルを抱いて堂々と立つ人影を見た。

「遅くなった」

剣を担ぎ、頭部の毛皮がぬるい風の中でそよいでいる。すっと立った耳と、ふさふさと流れる尾が雄々しい。なんて、なんてかっこいいんだろう――。

「ガーシュ！」

優真は挫いた足を引きずりながらガーシュに向かう。走り寄ってきたガーシュに精一杯腕を伸ばし、その首に縋りついた。ルルと剣で両手が塞がっていたガーシュは、厚い胸で優真を受け止めてくれた。

「怖かっただろう……はぐれた時は肝を冷やしたぞ」

「怖かった……逃げて、逃げて、逃げるしかできなくて……！」

——うあああああん！　ガーチュがいたでちゅー！

ルルも大声を上げて泣き出し、ガーシュの顔をぺちぺちと叩いた。

「なんだ、どうした、ルル」

「ルルが、ガーシュに会えたって喜んでるんだよ」

涙を拭い、ルルを抱き取りながら言うと、ガーシュはすまなそうに笑って、優真の髪をいつものようにかきまぜた。

「悪かった。俺が守ると言いながら怖い思いをさせて。だが、ルルを連れて逃げ切ったのは本当にすごいぞ。よくがんばったな……」

うん……とうなずきかけて、優真はガーシュが満身創痍であることに気がついた。戦い装束ではない衣服のあちこちが破れ、血が滲んだり流れたりしている。

「ガーシュ、こんなに怪我してる！」

「こんなものはかすり傷だ。それより、おまえこそ足を挫いているじゃないか」

いつものように、ガーシュは嘯《うそぶ》く。だが、優真は放っておくことなどできなかった。

自分の足の痛みなど忘れて、ガーシュの傷口に手を添え、癒やしを施す。裂傷が酷いところには昬も添えて……そうすることに、優真はなんの躊躇《ちゆうちよ》もなかった。

少しずつ癒えていく傷口を見ながら、ガーシュはほうっとため息をついた。やはり辛かったのだろう。

「あいつらは最下層の死神だ。生前、悪事を重ねた者たちが、黄泉の王に忠実に仕えることなく、浅ましく彷徨《さまよ》い続けている」

「セルシュ様は？」

「黄泉の王に仕える者たちが連れて行ったんだろう……おそらくな」

では、本当に、もう逝ってしまわれたのか……。

「あいつらは単なる影に見えて、実は中に核を持っている。それが時には手になったり足になったり、牙を剝いたりして襲いかかるんだ。そのことに気がつくまで無駄にやられてしまったが、もう、奴らの急所はわかった。それに、ユーマが癒やしてくれたからな」

黄泉の国の死神との戦いのさなか、そんな場合ではないのに、見つめてくるガーシュの藍色の目に惹きつけられ、優真は頭がぼうっとするのを感じた。

（ずるいよガーシュ。こんな時なのに、本当にかっこよくて、僕は……）

一方、ガーシュは鞘から、剣をすらりと抜いて仰いだ。

「この剣のおかげで助かった……これがなければ正直、どうなっていたかわからない」

「それは、セルシュ様から受け継いだ剣？」

「ああ、王位継承に不可欠な、王家秘蔵の聖剣だ。今まで、誰も抜くことはできなかったらしくて封印してあったが、そんなもの、引っ剝がしてやった」

ガーシュらしいな。優真はくすっと笑った。ガーシュもつられたように笑い、そして真顔に戻る。

「兄上が守ってくれたんだろう」

「そうだね」

――パパしゃまが、まもってくれたでちゅか？

――そうだよ、そのおかげでガーシュは戦うことができて、こうしてまた会うことができたんだよ。

その時、ガーシュはふっと表情を硬くした。

「――来た。新勢だ」

異様な気配は、優真も感じた。ひたひたと、腐臭をさせながら近づいてくるものがある。

『フリューアがいるだと？』

『皆、やられたとは何事だ』

不気味な声々が聞こえてきた。もう絶対に離さないと、優真はぎゅっとルルを抱きしめた。

「ルル、大丈夫だな？」

「ばぶっ」

ルルは耳をぴんと立ててうなずいた。

「よし……ユーマはルルを頼む。俺の側から動くな。すぐに片づけてやる」

優真は言われた通りにルルを抱え、ガーシュの側にうずくまった。だが、ガーシュが戦うのを見ていたくて、目はうっすらと開ける。

「かかってこい！」

襲いかかってきた死神たちに、ガーシュは高らかに言い放った。

王家の剣で、ガーシュは雄々しく死神たちをなぎ倒していく。息も乱さず、冷静に堂々と立ち回る姿は、まさに王者そのものだった。

（もしかしたら、傷を治すだけでなくて、新たな力を注入できたのかも……）

もちろん、これはガーシュの戦闘能力の高さ故だ。だが、わずかでもその力になれたなら嬉しいと優真は思った。

（ガーシュがんばって、もう少し……！）

だが、優真の祈りをかき消すように、これまでとは比べものにならない禍々《まがまが》しい気配が辺りに満ちた。実体をもたない新たな影が浮遊し、その内側から、背筋がぞっとするような冷たい声が響く。

『おまえは何者だ。生きた者でありながら、我が兵どもがこの有り様とは』

「雑魚どもの大将のお出ましか」

ガーシュは剣の切っ先を、まっすぐにその影に向けた。

「俺は狼族ガイスト国の王、ガーシュ・ダ・ガイスト。いずれ、大陸フラウデルの覇者となる男だ」

『ふん、狼めが……地上の戦いなど、所詮、餓鬼どもの遊びに過ぎぬわ』

影はガーシュを嘲笑した。

『そこにいるフリューアをもらおうか。その魂あれば、黄泉王の座も我のものぞ！』

息をつく間もなく、影は変幻自在の身で襲いかかり、ルルを抱いた優真ごと、空《くう》に攫おうとした。

「させるか！」

閃くガーシュの剣が、影を二つに切り裂く。だが、影は塵にならなかった。

「なんだと……」

ガーシュは低い声で呟き、狼の唸りをあげる。

「嘘だ……」

優真は沈痛な自分の声を聞いた。

影は塵となって舞うどころか、ふたつに増殖していた。

ひとつは長く尾を引きながら、ルルと優真の周りを旋回し、ひとつはガーシュの行く手を阻むように、その目前で揺らめいている。優真とルルを影の向こうに見ながら、ガーシュはその邪悪な影と対峙した。

もう影を斬ることはできない。斬れば、また倍に増えるだけだ。影は嘲笑した。

『どうだ若造。これが我の力よ』

分裂した影は、ルルを奪おうと優真に襲いかかる。ガーシュは目前の影の塊をかいくぐり、優真に手を伸ばした。

「ユーマ!」

「ガーシュ! だめ、背中を……!」

背中を見せたらだめだ!

優真を庇おうとしたガーシュの背から胸へと、影が一気に通り抜けるのを優真は見た。

ひ……、と声にならない声が出る。

優真が見たものは、胸にぽっかりと穴が開いた、ガーシュの姿だった。

「がはっ!」

ガーシュの牙の間から、鮮血がほとばしる。ふたつの影は、ガーシュを弄《もてあそ》ぶように、笑いながら、ゆらりゆらりと穴を通り抜けた。

『ふふ、口ほどにもないものよ』

『ないものよ』

「いや、いやだあ！」

——ユーマ、いまでちゅ！

優真が叫んだのと、ルルの声が響いたのは同時だった。優真は弾かれたように、ルルを抱えたままガーシュに向かって走る。

足の痛みなど忘れていた。心が身体を凌駕していた。そして、くずおれそうなガーシュの身体を抱きしめた。

（だめだ、ガーシュ、倒れちゃだめだ。お願い、僕の持てるだけの力をガーシュにあげて！）

傷穴に直接、自分の身体を押し当て、一心に願う。優真の腕では包みきれないその背に指が食い込むほどに力を込め、優真はガーシュを抱きしめた。

「ユ……マ」

ガーシュの指がぴくりと動き、やがてそろそろと優真の背に触れる。

——きずが、ふさがりはじめたでちゅ。ガーチュ、ユーマ、がんばるんでちゅ！

どくん、と血流が復活する気配がした。少しずつ、ガーシュの身体に力が戻り始める。優真の背に触れていた手が、しっかりと、ルルごと優真をかき抱いた。

「ガーシュ……大丈夫？　大丈夫なの？」

「大丈夫だ」

まだ弱々しいものの、ガーシュははっきりと返事をした。

「ユーマ、癒やしの力は日に一度が限度ではないか。そんな無理をして……倒れたらどうするんだ……！」

再び、ガーシュは優真を抱きしめる。そういえばそうだった……そんなことは忘れていた。だが、急に疲労感が襲ってくる。目眩に耐え、優真は力をかき集めた。

（お願いだ……もう少し、僕に力を……）

「大丈夫……心配しないで。それに、ガーシュのためなら倒れたっていい……」

優真は浅い息で答え、そして、ハッと気がついて辺りを見回した。

「影は？」

『こいつ……癒やしの力を持っている……』

『持っている……』

それは、明らかに怖れを含んだ声だった。ふたつに増殖した影は、優真に近寄ることができなかったのだ。

『もしや、おまえは異世界の花嫁か？』

『花嫁か……？』

ふたつの影は、萎縮するように、見るからに小さくなっていく。

「そうか……癒やしの力と死は対極にあるから、やつらは異世界の花嫁が怖いのか」

ガーシュが呟き、優真はガーシュに抱きしめられたまま、死神たちを精一杯に睨みつけた。だが、その唇は震えていた。

「そ、そうだ！　僕はこのルルによって異世界から召喚された、ガーシュの花嫁だ！」

啖呵《たんか》を切りたかったのか、宣言したかったのかわからない。ただ夢中だった。そんな優真の額に、ガーシュがくちづける。

『いられぬ、こんなところにはいられぬ』

『いられぬ』

『苦しい』

『苦しいぞ』

影どもは、今やただのふたつの霞になり果て、片羽を失った昆虫のようにぎこちなく空を漂い、ほどなく三人の視界から消えていった。

やがて、戦いが終わったことを物語るかのように、空気が澄み始める。

「お、終わったの……？」

怖々とたずねる優真に、ガーシュは大きくうなずいた。

「ありがとう。ユーマ……！」

「く、くるしいよ、ガーシュ」

――ルルもくるちいでちゅー！

ガーシュが優真とルルをきつく抱きしめたので、二人はそろって声を上げた。よかった……みんな無事で、本当によかった……。

（お父さん、お父さんが言ったように、僕は、必要な時に、必要とする人のために力を使ったよ。見ててくれた……？）

優真の父は、この異世界の黄泉の国にはいない。だが、優真は心の中で呼びかけずにはいられなかった。

黙り込んだ優真に、ガーシュは心配げな顔を向けた。

「どうした？」

「こんな力、いらないって思ったこともあったけど、今本当に、癒やしの力が使えてよかったなって思ったんだ……ガーシュを助けることができて……」

「そうか……」

ガーシュは愛しさを込めた目で優真を見下ろす。他の言葉はいらない。もう、それだけで十分だった。

（そう言えば、僕さっき、僕はガーシュの花嫁だって宣言してなかった……？）

かあっと顔に熱が集まる。ガーシュの腕の中で、急に恥ずかしくなって赤くなっていたら、ルルが真剣な顔で呟いた。

——パパしゃまでちゅ。

——えっ？

——パパしゃまがちかくにいるでちゅ。

「セルシュ様が近くにいるって……」

優真がルルの言葉をガーシュに伝えたすぐあとに、どこからともなく穏やかな声が響いてきた。

『ルル、ガーシュ、ユーマ——』

三人は、抱き合ったままでハッと顔を見合わせる。

「兄上……？」

ガーシュの呟きが漏れる。声が聞こえ、ルルも驚いて大きく目を見開いている。優真は声のする方を探そうとした。

姿は見えない。だが、声ははっきりと聞こえる。三人は驚きの中にも神聖な気持ちで、その声に耳を傾けた。

『ユーマ』

「は、はい」

『君は本当に勇気のある子だね。見知らぬ世界でガーシュを思い、ルルを慈しみ、異世界の花嫁として多くの力を身につけた。もう臆することはない。思いに従ってガーシュの胸に飛び込むがよい。すればきっと愛は奇跡を起こし、その結果を見せるだろう』

「はい。セルシュ様……」

お約束します——優真は、セルシュの声に誓った。

『ガーシュ』

「兄上……」

『もう何も言うことはない。あとは頼んだぞ……』

「心配しないでくれ……兄上はいつまでも、俺の大切な兄上だ……」

姿は見えないけれど、その時、きっとセルシュは微笑んでいたに違いない。

『ルルシュ・デ・ガイスト。我が子よ』

厳かな、そして慈しみ深い声が、ルルに語りかける。

――パパしゃま！

『最期に抱きしめたいが、そうすれば、おまえたちは本当に元の世界に戻れなくなる。よいか、ルルシュ。絶対に、もう二度と黄泉の国に飛んではならない。フリューアの禁忌を破ってはならない。ここはまだ、おまえたちの来るところではないのだ。力を大切に育て、立派な大人になりなさい』

――ルル、やくちょくしゅる！　やくちょくしゅるよ！

『いい子だ……』

声はフェイドアウトして、空気に溶け込むように消えていく。

――パパしゃまあああ！

ルルも優真も涙が止まらなかった。ガーシュも唇を噛みしめている。これで、セルシュと本当にさようならなのだ。ただ、静寂が余韻となって三人を包み込む。

だが、ガーシュは剣の柄《つか》をぐっと握り、顔を上げた。ここに長く留まっていてはならない。

「ルルの力を増幅させる。さっき俺にしてくれたように……俺のために弱っているのに済まない。だが……やってくれるか、ユーマ」

「ガーシュがいてくれるから、大丈夫だよ」

優真はしっかりとうなずいた。ガーシュの信頼に応えたい。最初にガーシュの傷を治した時に手応えがあった、あの力だ。再び、精神力で身体を凌駕してみせる。

「行くぞ！　ルル」

「ばぶ！」

ガーシュの意を決したその声に、ルルは健気に返事をした。優真は、ルルの琥珀色の丸い目を見つめる。

――ルル、僕と心をひとつにするようにイメージして。僕たちは異世界の花嫁とフリューアなんだから。絶対にできる！

「ばぶっ！」

――できるでちゅ！

優真はルルをしっかりと抱き、共に目を閉じる。包み込むように、ガーシュが二人をぎゅっと抱いた。

（ガイストに戻れ！）

――がいしゅとへとぶでちゅ！

優真とルル、二つの心がシンクロした。

地面が揺れ、三人の周りに、これまでにない強いつむじ風が巻き起こる。すごいエネルギーが発生しているのがわかる。だが怖くない。ガーシュに守られているから。

優真はルルに届けとばかりに神経を集中した。ルルからも、熱いものが返ってくる。

やがて身体が浮遊した感覚があって、優真はそのあとのことを覚えていない。

＊＊＊

優真が目覚めた時、隣にはガーシュが眠っていた。ルルも、ガーシュの腕に抱かれて眠っている。ここはガーシュの部屋だ。ここに下りたのか、他の場所に下りてここまで運ばれたのか記憶がないが、とにかく三人とも、そろってガイストに戻ってくることができたのだ。

(よかった……)

二度の癒やしで力を使い果たし、そしてルルとのシンクロが強すぎて限界を超え、優真はまた気を失ってしまった。ルルが行方不明になった時もそうだった。これからは、もっと力の使い方を学ばないとだめだと思う。

(これから……)

ふっと顔が赤らむ。自分を守るように眠っているガーシュを見て、優真の胸の鼓動が高まった。上半身裸で眠っているガーシュは、逞しく、寝顔は高潔で美しい。今日、何度も思ったが、やっぱり素敵だと感じる。

姿形だけではない、その身体や心の中にある彼そのものを。責任感が強くて、自信を裏づける努力を怠らなくて、そして強引だけど包容力があって……。

この世界に留まるということは、いずれ彼の花嫁になるのだ。

そのことはもう、優真の中で消化されていた。さっき、宣言もした。消化……もっと甘い言葉で言えたらいいのだけれど、今の優真には、それでいっぱいいっぱいだった。

男の僕が花嫁になる。

ガーシュや狼獣人が怖いわけではない。だが、彼との交わり……セックスを思うと、ここまで来ても尚、その行為が怖くないと言えば嘘になる。

彼が僕を酷く扱うはずはない。だが、あの大きな身体を受け入れられるのか……狼の牙をもつ唇で、深いキスができるのか。

ガーシュを頼もしく、恋しく思いながらも、優真の思いはそこで留まってしまう。

好きなのに――。

初めて、自分以外の誰かを、恋するという意味で好きだと思った。

ルルを好きなのとは違う。これが恋なんだとわかった。その甘い自覚の傍らで、もうひとつの懸念が優真の心を揺さぶっている。

（僕はこのままでいいのかな）

大学のことは、こちらで医者になると決め、セルシュに約束して完全に吹っ切れた。だが、伯父と決別せずに、このまま優しい人たちの中で流されていっていいのだろうか……。

国をあずかる者としての、ガーシュの姿や心づもりを知り、優真はそう思うようになった。

『初夜の儀』だって、強引にやろうと思えばできたのに、彼はしなかった。優真の思いを尊重してくれたのだ。

だから、ガーシュに恥ずかしくない僕でありたい。

と、その時、ガーシュがはっきりと目を開けた。彼を見つめていたのでいきなり視線がぶつかり、優真は慌てた。

（な、なんて寝起きがいいの！）

そうか、狼だし、戦士だから当然か。そんなことをぐるぐる考えていたら、ガーシュは優真を見つめたまま訊ねた。

「ゆっくり休めたか」

「はい……大変だったけど、本当にありがとう。ガーシュがいてくれなかったら、どうなっていたかわからない」

見つめられる目にドキドキしながら答えると、ガーシュはふっと笑った。

「俺は何もしていない。すべてユーマとルルの力だ……特にルルは、良くも、悪くもな」

「ガーシュは、僕とルルを助けてくれたよ」

「だから、おまえのことは俺が守ると言っただろう？　だが今回は、俺はおまえに守られ、助けられたな」

どこか噛み合わない、ちぐはぐな会話だった。

それは僕のせい？　それとも、僕を見つめるガーシュの視線の熱さのせい……？

ガーシュは、鼓動を高まらせている優真を前に、話し続ける。

「元の世界で、おまえは辛い思いをしてきたんだろう？　それなのにおまえは一生懸命生きてきた。わけのわからない世界に連れて来られて、その中でこうしてルルを育ててくれて……。おまえはもう、幸せになっていいんだ。ユーマ」

真摯なガーシュの思いが伝わって、優真は、涙や感動や愛しさや、いろんなもので胸がはちきれそうになる。ガーシュの目に、新たな熱い火が灯った。

「いいか、初めて会った時から、いつだって俺はおまえを……」

「ばぶうー」

「ル、ルル、起きたの？」

ガーシュの告白を遮ったのはルルだった。ガーシュの腕から這いだし、シーツの上に座って「あぶー」と小さなあくびをする。

「お、おはよう、ルル」

優真は、あわあわしてしまい、ガーシュは一瞬、ムッとした表情を見せた。時折見せる、ガーシュのそんな様子が大人げない。でも、そういう彼も、もちろん好きなんだ。そう思ったら、優真は、また顔が赤らむのを感じた。

一方、ガーシュはシーツの上に起き上がると、厳しい表情でルルを膝に乗せた。

「ルルシュ・デ・ガイスト」

ガーシュは、セルシュがそうしたように、ルルを正式な名前で呼んだ。

「黄泉の国から戻って来ることができたのは、おまえとユーマの力だ。だが、その前におまえは禁忌を犯した」

「ばぶ……」

ルルはしゅんとする。その顔を上げさせ、ガーシュはルルの目を見据えた。

「兄上が亡くなったことは本当に哀しい。だが、黄泉の国へ飛んではならないという意味が、どういうことかわかっただろう?」

——ごめんなちゃいでちゅ……。

「ごめんなさいって言ってるよ」

優真はガーシュに伝えた。

「黄泉の国に落ちた時も、ごめんなさいって言ってたよ」

――ルル、もうじぇったいに、きまりをやぶらないでちゅ。

「もうしない、絶対に決まりを破らないって……わかったよね、ルル」

ルルは神妙な顔でうなずく。

「わかった。俺もこれ以上は言わない」

「ばぶぶー」

ルルは腕を伸ばして、優真に抱っこを求めた。

目尻を下げて嬉しそうに笑い、尻尾をぱたぱたさせる。そんなルルが可愛くて可愛くて、優真は思わず、ルルの頬にちゅっとキスをした。

きゃっきゃと声を上げて喜ぶルルの横で、ガーシュは面白くなさそうな顔をしている。ルルはガーシュに向けて、チェシャ猫のように「ニッ」と笑った。

「俺には？」

ガーシュは憮然として訊ねる。

「え？」

「俺にはないのか？」

「何が？」

「だから……その」

彼にしてはめずらしく口ごもるガーシュに、優真は思い当たることがなく、きょとんとする。

「ばぶっ！」

ルルは優真の頬にキスを返して、得意そうな顔をする。優真は「ルル、僕のまね？」と、目元を

ほんのり染めた。

「ルルおまえ……」

「あっ、ガーシュもルルにキスして欲しかった？」

「いや、もういい……」

ガーシュは完全に毒気を抜かれてしまい、ぼそっと言い捨てた。

（なんだったんだろう？　僕、何か変なこと言ったかな）

――てんねんほどちゅみなものはないでちゅ。

ルルのその呟きを、優真は聞き流せずに問い返す。なんだか僕も大人げないけれど。

「天然って僕のこと？　ルル、ちょっとそれどういうこと？」

「だからおまえたち、俺にわからないことを喋るなよ！」

「あ、ごめん、今のはね……」

優真は我知らず、狼族で最強の男、ガーシュを窮地に追い込み、ルルは得意げに尻尾をぱたぱたする。

心和む、温かな時間だった。なんでもないことの尊さを、優真は噛みしめる。

黄泉の国で心がひとつになった多幸感が、今も優真の胸に生きている。そして、幸せと呼べることのひとときを、日々、積み上げていきたいと思う。

僕はここで、ガーシュとルルと生きていく。

そして優真は、とある決心をした。

5

王位を継承したガーシュは、多忙を極めていた。

三人での夕食も、とれないことが多くなった。朝は顔を合わせることができるけれど、ばたばたと食事をかっこんで閣議だ、謁見だなんだと、ガーシュはひとところに留まっていない。

だが、そんな時もガーシュは必ず「行ってくる」と声をかけてくれる。

それは嬉しいけれども、恋を自覚した優真にとって、正直、「足らない」と心が追い打ちをかけてくるのだ。

(ガーシュは王様になって大事な時なのに、僕だけこんなに浮ついているなんて……)

――いいか、初めて会った時から、いつだって俺はおまえを……。

あのあと、彼はなんて言うつもりだったんだろう。聞きたいな……。だが、今は黄泉の国から生還した朝のような、甘い空気は望むべくもない。

彼に相談したいこともある。それは本当に大切なことで、ガーシュの理解も必要だ。だが、その一方で正直に言えば、もっとガーシュの側にいたいのだ。これまで、彼がいかに自分の側にいてくれたのかがわかる……。

そしてなんと言っても、過労で倒れたりしないだろうかと、彼の身体が心配でもあった。もちろん「俺を誰だと思ってる」と、したり顔で返されるに違いないけれど。

「前王様の摂政を長らくお務めでしたから、これでも、通常よりは十分余裕のある状態だと思いますよ」

優真がガーシュの身を案じると、エマは慰めるようにそう言った。

「きっと、もう少しでこの状態を乗り越えて、前のようにお時間を持てるようになると思います」

うふふ、とエマの鼻とひげが、心なしか嬉しそうにぴくぴく動く。

「そうしましたら、いつでもルル様をおあずかりしますから、お二人でごゆるりと旅行でもなさってはどうでしょう。ちょうど今は休戦状態でもありますし」

「エ、エマ！」

優真は真っ赤になって大きな声を出していた。

――ねえルル、僕ってそんなにわかりやすい？

――しょれをルルにきくのは、でりかちーがないとゆうものでちゅ。

尻尾を少し逆立てて、ぷいっと膨れるルルだった。


それからしばらくして、エマが言った通りに、ガーシュの身辺は落ち着き始めた。

セルシュがいない寂しさを除けば、以前のような日常が戻ってきている。新王が即位して一年は、紛争を避けることがフラウデルの暗黙の了解になっているらしく、ガーシュが戦いに赴くこともない。決心を告げ、ガーシュへの思いを伝えるならば今しかない、と優真は思った。

その日の夜、ルルを寝かしつけた優真は、ガーシュの書斎の扉をノックした。事前に、彼には話したいことがあると伝えている。

出迎えたガーシュは、正装姿のままだった。先ほど、出先から戻ったところだという。

優真は以前から、ガーシュの正装した姿が素敵だと思っていた。こうして王となってからは、より、その姿に見蕩れてしまうようになった。即位したガーシュは、さらにカリスマ的な雰囲気をまとうようになり、まさに王者だと思う。

そこにいるだけで、僕をこんなにドキドキさせるなんて、ガーシュは知っているんだろうか。

「飲むか？」

ガーシュは陶器のボトルを揺らしてみせる。優真も何度か口にしたことのある、ぶどう酒だ。

「いいえ、話したいことがあるから」

「そうだったな」

ガーシュはぶどう酒をテーブルに置き、優真に向き直った。彼の正装姿と、これから話すことを思い、優真の心臓は痛くなるほどに早鐘を打っていた。

「もしルルが可能なら、一度、元の世界に戻りたいんだ」

ぐだぐだ前置きしても仕方がない。思い切って、優真はいきなり結論から切り出した。思い詰めた優真の目を見て、ガーシュは少なからず動揺していた。

「どうしてそんな……戻ることは許せないと言ったはずだ。いや違う。そうじゃない。俺の側にいろ。どこへも行くな」

立ち上がり、ガーシュは優真を抱き寄せた。

彼にそうされることは、いつの間にか自然に受け入れられるようになっていた。ガーシュの広い胸に顔を埋め、優真は思いを伝える。

「違うよ。ガーシュ。この世界に留まるために、元の世界でけじめをつけておきたいことがあるんだ」

今まで、自分は逃げてばかりだった。行動せずに、どうせ、できやしないんだと諦めて……。

だが、この世界で逆境にめげずに生きるガーシュやルルと出会って、自分もそんなふうになりたいと思った。今までの自分と決別して、ここで新しい自分を生きる。そのために必要なことなのだと。

「つまり……僕は、ガイストでガーシュと、ルルと一緒に生きていきたいんだ。ずっと……だから、絶対に戻ってくるから……」

もうだめだ。これ以上言ったら、頭が沸騰しそう。そんな優真の手を、ガーシュはそっと包み込んだ。

「指まで赤いな」

「だって……こんなこと、誰にも言ったことないんだもの……」

「俺が最初か。それは嬉しい」

(もう……自分だけ余裕ぶって……)

思わず唇を尖らせた優真の顔を、ガーシュは笑いながら覗き込んできた。

「では、俺も一緒に行く。おまえは俺の花嫁だ。おまえのその決心を、共に見届けさせてくれ」

ガーシュは優真の前にひざまずき、改めて優真の両手を取った。

「これは、狼族の求婚の様式だ」

そう言って目を閉じ、優真の両手の甲に順に口づける。

「おまえの心にけじめがついて、異世界から共にガイストに戻ってきたら、俺と婚姻の契りを交わ

してほしい。定められた運命だから言うのではない。これは王でもなんでもない、素の俺自身が決めたことだ。狼族は生涯、伴侶をただひとりと決め、どちらかが死ぬまで添い遂げる。どうか、俺の花嫁に――」

なんて心のこもったプロポーズなんだろう……。

優真はあふれそうな幸福感に溺れ、頭の芯が痺れて、しばらく声が出なかった。ただ、唇が震えて止まらない。

彼が唇で触れた箇所が、火のように熱い。男同士だとか、どうしてそんなことにこだわっていたんだろう。この熱量を、もう恋以外の言葉で語ることはできない。僕はガーシュが好きだ。優真はガーシュの目を見つめ返した。

「ありがとう……ガーシュ。約束する。ここへ戻ってきたら僕は……」

改めて自覚して、決めたのに、いざとなると、その続きが恥ずかしくて言えなかった。だが、ガーシュは続きを促してくる。

「ここへ戻ってきたら……?」

(ううっ)

「は、花嫁に、なる……」

「誰の？　ルルか?」

ガーシュはちょっと意地悪な、だが、これまで見た中で最上級と思われる笑みで追及してくる。

誘導尋問に乗せられて、優真は大きな声で答えた。

「ガーシュに決まってるじゃない！」

「ははっ！」

ガーシュは子どものように大きな笑い声を上げて、優真を抱き上げた。

初めて出会ったあの日、まだ何もわからない優真を、異世界の花嫁がやってきたと歓喜して抱き上げた時と同じように。

あれから、様々なことがあった。嬉しいことも、哀しいこともあった。心が寄り添ったかと思えば、離れたりもした。だが、いつでもそこにガーシュがいて、ルルがいたのだ。

「本当に、本当にありがとう、ガーシュ」

優真は何千回でも、何万回でも言いたかった。

ここで、僕に出会ってくれてありがとう——と。


一方、ルルは、ほぼ目的地に向けて、意志をもって飛べるようになっていた。

毎日のように優真と練習を重ね、先日、力を合わせて黄泉の国から戻ったことにより、その計り知れない能力が、よい方向に向いたのを優真は感じていた。

だが、異世界に飛ぶのは、やはりかなりの力を使う。思いのままに何も考えずに飛ぶよりも、目的地を定めて飛ぶ方が、集中力は断然必要となる。

本来ならば、まだ赤ちゃんのルルに、それは酷なことなのだ。優真はそのことが申し訳なかった。

だから、ただ「連れて行って」ではなく、ちゃんと理由を話そうと優真は思っていた。飛んでくれるのはルルなのだから。

いつも飛ぶ練習のあとは、ルルの大好きなブラッシングをすることになっている。

——しっぽ、ふわふわでちゅ。ユーマのぶらっちんぐはさいこーでちゅ。

尻尾をぱたぱたさせるその笑顔に笑みを返し、優真はルルを膝に乗せた。そして、真面目な顔で彼を見つめる。

——あのね、ルル。お願いがあるんだ。

——なんでちゅか？

改まった優真に、ルルは目をぱちくりとさせた。

——僕とルルが出会った場所を覚えてる？

——いせかいの、あの、おっきなはこみたいなとこでちゅか？

(大きな箱……あの部屋は、ルルにはそういうふうに見えたのか)

——うん、そこにね、僕とガーシュを連れて行ってほしいんだ。僕は、あの場所でやらなければならないことがあるんだ。……わかるかな？

——わかるでちゅ。じゃあ、いまからいくでちゅ。

——い、今から？

さすがに優真はそれにには驚いた。

——ユーマのためでちゅ。はやいほうがいいでちゅ。

——ありがとう。大好きだよ。

優真はルルをぎゅっと抱いて、頭の天辺に、ちゅっとキスをした。最近、ルルが最も喜ぶスキンシップだ。そして、優真は急いでガーシュを呼びに行った。

――ユーマのごようなのに、どーちてガーチュもいくでちゅか。

現れたガーシュを見て、ルルはちょっと面白くなさそうに呟いた。

「ルル、おまえ今、どうして俺が一緒だとか思っただろう？」

「ばぶぶ？」

「急に赤ん坊ぶっても、こういうことは雰囲気でわかる。なあ、ユーマ？」

ガーシュは、ルルに見せつけるように優真の肩を抱く。ふふん、と笑ったガーシュに負けじと、ルルは唸ってみせた。

「がるるっ！」

――ユーマはルルのでちゅっ！

「おまえ、ユーマと会話できると思って……」

「もう、やめてよ二人ともっ」

これ以上見ていられず、優真は二人の間に割って入った。狼族ガイストの勇猛果敢な国王が、赤ん坊の甥っ子と対等にケンカしているところなんて、とてもじゃないけどエマや他の人たちには見せられない。

「これから異世界に飛ぶっていうのに……」

優真に窘められ、二人は渋々睨み合いをやめた。

「ユーマ、俺たちはおまえのせいでケンカをしているのがわかっているのか？」

ガーシュが拗ねて……いる？　優真は少なからず驚いていた。

「えっ？　僕のせいなの？」

その目を見開いた顔に、ガーシュは降参せざるを得ない。大陸に、その名を轟かせる戦士のガーシュに白旗を揚げさせることができるのは、優真だけなのだ。

「まあ……いいさ」

ガーシュは呟いた。

「俺も、ルルも、おまえが大好きだということだ。……さあ行くぞ、ルル、準備はいいか？」

「ばぶっ！」

ガーシュはさらりとこういうことを言う。

本当にガーシュには敵わないと優真は思う。だって、いきなり心臓が止まりそうになるのだから。

つまり、それほどストレートに言われないと、わからなかったりするということなのだが……真っ赤になったままで、優真はルルを抱き、ガーシュがさらに二人を包むように寄り添った。

「ルル、身体は大丈夫？　無理しないでいいんだよ？」

なにしろ、黄泉の国から戻って、それほど日が経っていないのだ。だが、ルルはニコッと笑った。

──だいじょぶでちゅ。ルル、ユーマのおてつだいがちたいでちゅ。

「ありがとう……お願いね」

ガーシュが二人をぎゅっと抱き、そしてルルは力強く声を上げる。

「ばぶぶぶぶっ！」

──いせかいの、ユーマのおっきなはこにとぶでちゅ！

つむじ風が巻き起こる。三人は離れないように身を寄せ合い、そして風が止んだ次の瞬間、皆は、元の世界で優真が住んでいた部屋にいた。

白い天井に、白いクロスの壁。ルルが「箱」と称した通りだと優真は改めて思った。ガーシュは訝しげに、部屋全体を見回している。

「なんだ、ここは」

「僕が住んでいたところだよ」

「全くの別世界だ……まさに異世界だな。この前は黄泉の国に引きずり込まれたが、俺はこうして飛ぶのは初めてだ。改めてすごいやつだな。フリューアというのは」

力を使ったルルは、やはり優真に抱かれて、コテンと寝入ってしまっている。優真は、ベッドの上に、そっとルルを降ろした。

「いきなり知らない世界に飛ばされるというのは、こういう心持ちなのか……俺が思っていた以上に、おまえは心細かったんだな」

わかってやれなくてすまなかった、と詫びるガーシュに、優真は笑顔で答えた。

「うん……最初はね。でも、ルルやガーシュがいてくれて、セルシュ様やエマや、周りの人たちも優しかったから」

その「箱」は、がらんとして寂しい空間だった。

懐かしいとか、戻ってほっとしたとか、なんの郷愁もわいてこない。

テーブルの上に置かれたままのマグカップやスマホ、何もかもあの日のままだ。だが、ガーシュが言うように、ここはもう、本当に自分にとっての「異世界」になってしまったのだと優真は思った。

（この部屋も、僕を待ってたって感じがしないし……）

「どうした、ユーマ」

黙ったままの優真に、ガーシュは訊ねた。

優真の表情をうかがうような感じが見て取れる。答えを待てなかったのか、ガーシュは再び訊ねてきた。

「懐かしくて、戻りたくなくなったか？」

「ううん、その逆だよ」

優真が笑いかけた時だった。

玄関のチャイムが鳴った。それはけたたましく鳴り続け、聞き慣れない機械音に、ガーシュは不快そうに表情を歪める。優真もそうだった。そして、伯父の怒号が重なった。

「優真！　今、物音がしたぞ！　半年間も、今までどこに隠れていやがった！　いるんなら出てきやがれ！」

「何者だ？」

ガーシュは腰の剣に手をかける。伯父の言葉はわからないが、邪悪な気を察したのだろう。顔の豊かな毛皮は逆立っていた。立派な尾も、臨戦態勢に入るかのように緊張感を持ち、目はギラッとした光を宿している。

優真は、剣にかけたガーシュの手を制し、声を潜めた。

「あの人が前に話した、僕を縛りつけていた人だよ。思った通り、僕の行方を探っていたみたいだ」

「優真がいないと、商売あがったりというわけだな。卑しいやつめ」

ガーシュは吐き捨てるように言い、目の前の優真の様子がおかしいことに気がついた。

「どうした……？」

伯父の怒号は続いていた。優真は耳を塞いで伯父の罵詈雑言に耐えていた。身も心も、彼に拒否反応を起こしている。

（しっかりと向き合って、けじめをつけようと思っていたのに……）

優真が自分を責めた時、ふわりと逞しい腕に抱きしめられた。

（ガーシュ……）

「やつが何を言っているのかはわからないが、おまえを貶めて、怖がらせていることはわかる」

頭を胸に引き寄せられた。ガーシュの力強い鼓動が聞こえ、優真は落ち着きを取り戻す。

「何も心配するな。俺がついている。何が起ころうと、俺があいつからおまえを守る。だから臆することはない。堂々と行ってこい」

抱きしめられたまま、優真は無意識にガーシュの胸に縋りついていた。守ってくれる……僕には守ってくれる人がいる。その思いは、優真に力をくれた。

（もう、今までの僕じゃないんだ）

強くなれる。強くなる——心を決め、優真はガーシュに告げた。

「そうだね、僕にはガーシュがいる。ルルがいる。だからもう怖くない。きっぱりとけじめをつけてくるから」

それは、これまでの自分と決別すること。そうだ、彼ら夫婦の呪縛から放たれない限り、僕は何も選べないんだ。ここに留まることも、ガーシュたちの世界に身を投じることも。

「それでこそ俺のユーマだ」

ガーシュは、誇らしそうに藍色の目を煌めかせてうなずく。その間も、下劣な怒号は続いていた。

「行くよ」

優真はガーシュに肩を抱かれ、伯父が怒鳴る玄関ドアに対峙した。

「伯父さん」

ドア越しに、優真は呼びかけた。

「帰ってください。僕はもう、あなた方の思い通りにはなりません」

初めて反抗した優真に驚いたのか、少しの間があった。そして彼はドア越しに嘲り笑った。

「何を寝ぼけたことを言ってやがる！　何不自由ない暮らしをさせ、医大に通わせ、どれだけの世話になったと思ってるんだ。おまえにはその恩を返す義務があるじゃねえか。とにかくここを開けやがれ」

「開けません」

ガタガタと揺すられるノブの音に被せるように、優真は言い切った。

「僕はもう、あんなふうに自分の力を利用されたくありません。癒やしの力は、必要な時にだけ、必要とする人に使うんだと父は言っていました。僕は、本当は、伯父さんたちにずっとそう言いたかった」

「ふん」

伯父はせせら笑った。

「青臭いことを言いやがって。言いたいことはそれだけか」

「僕は今、伯父さんたちの言いなりだった自分が許せない」

「じゃあ、医大の学費を打ち切ってやるぞ。それでもいいんだな？」

「かまいません。もっと早くにそうするべきだった。それに、僕にかかった費用以上のものを、僕はあなた方に返しているはずです。医者になるための勉強は、なんとしてでも続けます。僕はもう、あなた方のために力を使いません」

「へっ」

伯父にはまだ余裕があった。

きっと、ここで切り札を使おうとしているのだろう。彼の余裕は、優真が切り札に抗えるわけがないと、信じて疑わないことにある。

彼は、もったいぶって話を切り出した。下卑た笑い顔が、目に見えるようだった。

「……そうか、そこまで言うなら仕方ないなあ。おまえのことをマスコミに売ってやろう。不思議特集の番組くらい組んでもらえるだろうさ。人気者になれるかもしれないぜ？」

優真はぎゅっと目を瞑った。この人は本気だ。それくらいやるだろう。

だが……。

「そうしたければすればいい。僕はあなた方の支配から決別してみせる……山本さん」

優真の中にみなぎる力が言葉になった。伯父夫婦を肉親から断ち切った瞬間だった。山本は、いやらしく笑う。

「大仰なこと言いやがって。おまえに、他に何ができる。他に行くところがあるっていうのか？」

「あります」

ガーシュは俺の側にいろと言ってくれた。僕もガーシュの側にいたい。ルルは親のように僕を求めてくれる。そして、僕は彼らの世界で医者になる。

ぐっ、と山本が言葉を詰まらせたのがわかった。そして、彼の怒号を聞きつけ、人が集まってくる気配がした。

「またあなたですか！　いい加減にしないと今日こそ警察を呼びますよ！」

管理人の声だった。警察と言われ、後ろ暗い山本は逃げるしかない。

「……仕方ない。今日のところは帰ってやる。だが、逃げられると思うなよ」

さんざん悪態をつきながら、彼はその場を去っていった。

ふう、とため息をつき、優真はガーシュの顔を見上げた。

「ちょっと外に出るね。今度は大丈夫だから安心して」

「何かあったらすぐ俺を呼ぶんだぞ」

ガーシュはドアの陰に身を潜め、臨戦態勢を取る。その姿に頼もしさを覚え、優真は「うん」と明るくうなずいて外に出た。

「お騒がせして申し訳ありません」

優真は深々と頭を下げたが、管理人は、優真の着ている異世界服を怪訝そうな目で見た。

「コスプレでもされてたんですか？」

「いいえ」

優真がはっきりと言い切ったためか、管理人はそれ以上、何も言わなかった。

そして優真は、管理人と今日限りの部屋の解約について話をした。急な話だったが、管理人もさっきの山本の様子を見て、関わりたくないと思ったのだろう。家具や家電の引き取りにも快く応じてくれた。

山本は、優真が部屋を空けていた間にも、何度かこうした行為を繰り返していたらしい。優真は重ねて管理人に詫び、集まっていた人たちも、やがて散っていった。


部屋に戻った優真は、ずっと見守っていてくれたガーシュの顔を見たとたんに、緊張の糸が切れて、その場にへたり込んでしまった。

(終わった……)

「よくがんばったな」

ガーシュは優真を胸へと引き上げ、言葉をくれた。

「がんばれたのは、ガーシュが僕をこうして支えていてくれたからだよ」

「あいつがほざいていたことはわからないが、優真が言っているだろうことは俺にもわかった。不思議なことだが、こう……おまえの思いが、直接頭に響く感じで」

「だったら嬉しいな。それ、僕がルルの言葉がわかるのと同じ感覚だと思う」

「運命の結びつきってやつだな」

「だって僕は、ガーシュの『異世界の花嫁』だもの」

ずっと、運命とか花嫁とかいう言葉で括られることにわだかまりがあった。だが、今は心から言える。そう言える自分が嬉しい。僕は、ガーシュの花嫁だ。

ガーシュは笑って、優真の額にキスをくれた。

「ガイストに帰ろう。これ以上、ここにいる必要はない。おまえのことは、これからも俺が守る。そして、俺のことも守ってくれ」

「僕がガーシュを守ることができるの？」

「守ってくれたじゃないか。黄泉の国で」

驚いた優真の顔を見て、ガーシュが髪をくしゃくしゃかきまぜる。最初は子ども扱いされているような気がしたけれど、この頃は彼からそうされることがとても好きだ。

「守るものができると強くなれることを教えてくれたのは、おまえとルルだ。そして、優真の前では俺は素でいられる。落ち込んだり、拗ねたり、そういう姿を見せることができると、心が穏やかでいられる。それは、俺を守るということではないのか？」

「うん……それならできる。ありがとうガーシュ……ずっと側にいるよ」

それは生きる意味を教えられたのも同然だった。僕はガイストで生きていく――新たな旅立ちに向けて、優真は身の周りのものをまとめた。

持てるだけの医学書と、両親の写真が入ったフォトフレーム。それ以外に、持っていきたいものなどなかった。

（お父さん、お母さん、一緒にガイストに行こう。優しい人たちがたくさんいて、とっても素敵なところなんだ。僕が選んだ場所だよ）

愛する人たちのいるところなんだ。優真は、胸にぎゅっとフォトフレームを抱きしめた。

そして、優真とガーシュは寄り添ってルルの回復を待った。

優真はガーシュの隣で、実はそわそわとしていた。ずっと、やってみたいことがあったのだ。

(ちょっと大胆かな……でも、きっと怒ったりしないよね)

優真は毛皮がふさふさとした、ガーシュの肩口にそっと頭を乗せた。優真からそんなことをするのは初めてで、ガーシュは驚いて優真を見た。

「ずっと、ガーシュの毛皮に触ってみたかったんだ……ここんとこ」

首から肩の、毛皮が流れる辺り……小さな声で告白すると、ガーシュは笑った。

「そんなことくらい、いつでもやればよかったのに」

「僕にとっては、そんなことじゃなかったんだよ」

赤ちゃんのルルはともかく、他者とのスキンシップが苦手だったから。だが、今はガーシュの毛皮に顔を埋めて、ひたすらに気持ちいいと思う。安心する。

「尻尾も……触っていい？」

ガーシュはうなずき、優真は膝の上に、その立派な尾を乗せた。

もふもふなんてものではない。極上の毛皮だ。きっと、優真の首に巻いても、十分すぎるほどだろう。ふさふさ、ふかふか温かくて、手触りが最高で、優真は何度も何度も、指で尾の毛皮を梳いた。

「うわあ、ふかふか……！」

根元から尾の先へ、そして、次は流れに逆らうようになぞってみる。

付け根はどうなっているんだろう。好奇心いっぱいで、優真は尾の毛皮に手を埋め、その根元をさわさわと触ってみた。

「おい……もう、それくらいにしておいてくれ」

「どうして？　尻尾を触られると気持ちよくない？　ルルは大好きだよ」

今度は、根元をにぎにぎとしてみる。優真の手では余るほどの太い根元だ。

「ルルと一緒にするな。気持ちいいから困るのだ……」

「困る？」

「……いや、いい。その話は今度ゆっくりとさせてくれ……それより、その本はなんだ？」

いささか困り気味に、ガーシュは話題を変え、優真はなんだろうと思いながら、医学書に視線を移した。

（あぶぅ……）

その時、ベッドの上で、ルルがもぞっと身体を動かしたが、二人は話に夢中で気がつかなかった。

「医者になるための勉強の本だよ。きっと、ガイストでも役に立つと思うんだ」

優真の心に浮かんだのは、花束をくれた、アルという少年だった。

「早く、アルの病気を治してあげたい。ガイストで早く医者になりたい。ガーシュがいてくれたから、そう思えるようになったんだ。だから何度も言うけど、これからも側にいて……いさせて」

「俺だって何度も言っただろう？」

ガーシュは笑う。

「いや、俺も何度でも言う。何度でも聞きたい。おまえは、俺が選んだ花嫁だ……」

そのまま、二人の顔が少しずつ近づく。ガーシュの語尾が唇に触れそうになり、優真は自然に、そっと目を閉じた。

その瞬間。

「びえええええええ！」

突如響きわたるルルの泣き声に、二人はハッと顔を見合わせる。

――ルルがいるのをわちゅれてないでちゅか！

優真とガーシュの二度目のキスは、おあずけとなった。


それから、三人で無事にガイストへ戻ってきたが、ルルはまた、帰るなりコテンと寝入ってしまった。その身体をぎゅっと抱きしめ、優真は眠るルルに顔を寄せる。

「ありがとうね、ルル。異世界へ連れて行ってくれて……」

ベッドに寝かせ、毛布をかけてやる。こうしていると、本当に可愛い、もふもふの赤ちゃん狼だ。

「ユーマは？　疲れていないか？」

ルルのところにエマが来てくれて、奥へと部屋を移動しながら、ガーシュは優真を気遣った。

「僕は大丈夫。それよりガーシュの服に血が滲んでる」

それは、黄泉の国で死神たちと戦った時に胸に開けられた傷穴だ。世界間を飛ぶ衝撃で、開いてしまったのだろう。

あの一瞬、ガーシュは優真に気を取られて隙を見せてしまったのだ。思い出しても怖くて身が竦む。

「これくらい大丈夫だ。あの時、おまえが癒やしてくれたから」

「だめだよ……」

衣服の襟元を緩め、逞しい胸に丸く残った傷口に、優真は手でなく唇を触れた。

ガーシュの傷を見ると、心が痛む。自分たちを守るためにできたその傷が、哀しくて、そして愛しい。

優真の癒やしによって、開いた傷口は静かに塞がっていったが、優真はそのままガーシュの胸に唇で触れ続けた。そうせずにはいられなかった。その行為が、ガーシュの欲情を煽っていることなど思いもせずに。

「ユーマ……」

煽られたガーシュは、たまらなくなって優真を抱きしめた。

「愛している……。異世界の花嫁であるまえに、おまえは俺の一生の恋人だ」

「嬉しい……ガーシュ、僕もあなたが好き……」

身体を密着させ、もう二度と離れないというように抱き合ったまま、二人は互いへの思いを伝え合った。

「俺は、おまえに謝らないといけない」

「なんのこと?」

全く思い当たらないと見上げた顔に、ガーシュのキスが降ってくる。

唇だけでなく、こめかみや、耳朶や、まぶたにも。だが、最後には唇へと戻ってきた。長い舌が触れるとくすぐったくて、心地よくて、優真はそのたびに肩を竦めた。

「俺は、生まれた時に、異世界の花嫁を娶るという預言を受けて、かの花嫁に出会えるその日をとても心待ちにしていた。花嫁が男だったことには驚いたが、とにかく嬉しくて……。だが、この気持ちをおまえに上手く伝えることができなかった。俺は出会った時からおまえに恋していたのに、運命に抗うなとおまえを縛りつけるばかりで……」

「でも、ガーシュは幸せの果実を持ってきてくれたり、病院へ連れて行ってくれたりしたよ」

「あれで精一杯だったのだ」

そんな台詞を尊大に言い放つガーシュが可愛く思えてしまう。甘くて痛くない棘が、心臓にたくさん刺さったみたいに、心がぎゅっとなる。

「僕も、子どもを産めない自分がどうして花嫁なのか、どうしても受け入れられなくて……。ガーシュが花嫁にこだわるのも、大陸を統一したいからだと思ってた。だから、セルシュ様が言われた『運命のいたずら』がなんなのか知りたかった。そこにこそ意味があるって仰って、その答えが、今なんとなくわかった気がするんだ」

「教えてくれ、その答えを」

ガーシュの首回りの毛皮を両手で掬い上げ、優真は零れそうな笑みをみせる。

「たとえ男同士でも、僕たちは結ばれる運命だったってこと……！」

シンプルな結論に辿り着き、それが可笑しくて、嬉しくて、二人は互いにキスし合った。

ガーシュのキスが少し深くなり、赤い舌が優真の唇を割る。幸せな鼓動を打っていた心臓が、甘い悲鳴を上げた。だから、こんなことが言えたのだ。

「それでね……あの……僕の身体で、ガーシュを受け入れることができるんだろうかって、ずっと考えてて……不安だったんだ」

余裕のあったガーシュの表情が奇妙に崩れる。ガーシュは俯き、何かを堪えるように声を絞り出した。

「ユーマ、おまえは……おまえってやつは……」

そしてガーシュは勢いよく優真を抱き上げた。

いつものような縦抱きではなく、横抱きだ。しかも少々荒っぽい。真上から見つめられ、優真は胸に刺さった甘い棘が、溶けていくのを感じた。

「おまえを絶対に傷つけたりしないから」

ガーシュは優真を抱いたまま、寝室へと向かった。

＊＊＊

ベッドに降ろされ、優真はガーシュが衣服を脱ぎ捨てるのを見ていた。

見惚れてしまう、見事な体軀。ため息が出る精悍さ。肩の辺りまで毛皮に被われた先から伸びる逞しい腕に、何度守られてきたことだろう。

ガーシュがシーツに手を置くだけで、ベッドがぎしっと軋む。

「このまま抱きしめたら、おまえを押し潰してしまうからな……」

ガーシュは自分に言い聞かせるようにそう言って、優真の背を支え、軽々と自分の膝の上に座らせた。そうして、目を見つめながら、優真の衣服を剝いでいく。

優真は抗わなかった。だが、素肌が露わになっていくにつれて、恥ずかしさも増していく。華奢《きゃしゃ》――というか、男としては筋肉のついていない、ただ細いだけの身体だ。日焼けしても赤くなるだけの、コンプレックスだった雪白の肌に、ガーシュの視線が熱い。

優真は、思わず俯いてしまった。

「どうした？」

ガーシュは優真の背に手のひらを這わせてくる。

「だって……恥ずかしい。貧相な身体だし、それなのに、そんなに……ガーシュが見るから……」

「きれいだから目が離せないんだ。俺たちとは違う、絹のように滑らかな肌だ……」

背中を這っていた手が脇を撫でる。ガーシュの手のひらに生えている短い毛の、そのざらついた感触が、優真の背筋を粟立たせた。

ぞわっ、と初めての感覚に襲われる。

知らない。こんなの知らない。

「あっ、やだ……」

腰のくびれをなぞられ、信じられないくらい甘い声が出てしまう。優真はまた俯いて、ぎゅっと目を瞑った。

「嫌か？」

「違う……嫌じゃない……でも、あっ、やだ……っ、は……」

さらに胸の粒までなぞられて、矛盾した喘ぎ声が出てしまう。

「顔を見せてくれ」

脇から這い上がってきた手のひらに首筋を撫でられ、また声が出てしまう。そのまま顔の輪郭を捉えられて、上を向かされた。

(あ、キス……)

雰囲気でわかる。優真が目を閉じると、長い舌がつっと鼻の頭を舐め、優真の唇を割った。

「ん、ふ……」

狼の長い鼻先が、より深く触れ合おうとするのを邪魔してしまう。優真は首を傾げ、唇を開き、自分からガーシュの舌を受け入れられる角度を探していた。

夢中だった。

どうしてこんなことができるんだろう。自分からキスを貪るなんて……。

頭の片隅で、ぼんやりとそんなことを思う。

ガーシュは尚も優真の上半身を撫でながら唇を深く合わせてくる。挿入を許した舌が上顎を捉えるのは簡単だった。口内のそんなに深いところまでキスされて、優真は目眩を覚えた。

「ん……うぅ」

「苦しいか?」

口をめいっぱい開けて、首を横に振ってガーシュのキスに応える。いつしか、優真はガーシュの首に手を回してかじりついていた。

深いキスをしながら、身体を撫でられ、次第に自分の下半身が熱くなってくるのがわかった。

じりじりと責められ、逃げ場がなくなっていく。股間にあるものが、信じられないほどの勢いで育っていく。どうしよう……でも、キスはやめたくない。身体を撫でられるのも気持ちいい。

初めてなのに。

こうして、裸を見せるのも、深いキスをするのも、身体に触れられるのも初めてなのに。それなのに、もうこんなに昂るなんて。

（僕は、淫らなのかも……エッチなのかも……）

それがいけないことに思えて、急に焦りに襲われる。

「あ……ガーシュ……もう、撫でない、で――」

これ以上触られていたら、浅ましく勃ち上がったものを見られてしまう。

恥ずかしい、こんな……こんなの。

「どうしてそんなに泣きそうな顔をしている？」

ガーシュの心配そうな顔が覗き込んでくる。避けるつもりで、優真は首を仰け反らせてしまった。

小さな喉仏を長い舌で舐められ、しゃぶられる。

「あん……っ」

「可愛い声だ」

「か、かわいくなんか……ないっ。変なんだ……恥ずかしくてたまらないのに、身体が……どんどん熱くなって……へん、なこえ、が……やぁ……っ」

ガーシュに尚も首筋を舐められて、そのたびに屹立《きつりつ》がぴくっと跳ねてしまう。

もうだめ……だめ……触られてもいないのに大きくなっていることが、きっとガーシュに見つかってしまった……。

「変じゃない。おまえは、俺に触られて興奮しているんだ。それは、変なことじゃない」

言い聞かせるようにそう言って、ガーシュのざらついた手のひらが屹立を撫でる。一緒に、唇に舌で撫でるようなキスをされる。

「あ……だめ……だめ、ガー……シュ……」

ガーシュは、大切なものを扱うように、丁寧に、やわらかく……それはそれは優しく、優真の屹立に触れた。

「俺は、嬉しくてたまらない。興奮しているおまえが可愛い。だが、おまえが嫌ならば止める……今なら、まだ引き返せる」

「違う……その、嫌じゃない……さっきも、言った……」

優真は半分泣きながら訴えた。答える口にも力が入らない。きっと、あんなに——たくさんキスしたせいだ……。

「止めないで……止めるのは、いや……」

初めての感覚に怒濤《どとう》のように襲われて、怖いのは自分の身体だった。

ガーシュは優しい。ガーシュに触れられて嬉しい。だから何度も矛盾を口にしてしまう。

「止めると言われたら、どうしようかと思った」

両手で顔を掬い上げられて、見上げたガーシュは笑顔だった。

「可愛い……ユーマ……もう、おまえが可愛すぎて、胸が苦しくて……苦しい」

きつく抱きしめられた時、優真の屹立に、熱を発する硬いものが触れた。

「ガー……シュ……」

優真は驚いて、そこを見た。自分の細い茎と、毛に被われた猛々しい肉棒が触れ合って、寄り添っている。

「あんまり見るなよ」

ガーシュは笑った。

「僕で、感じたの？　こんなに？　あの……僕、されるばかりで、ガーシュに何もしていないのに」

セックスは初めてといえど、知識はあった。男が勃起するメカニズムは理解していた。だが、それは思っていたよりも甘くて、せつなくて、気持ち……よくて……。

これが感じるってことなんだ。

優真は身をもってその感覚を知った。だが、自分が同じ感覚をガーシュにも与えることができるなんて、どうしてそんなことができるのか、わからなかった。

「ユーマに触ったり、キスしたりするだけで、俺はこんなになるんだ」

「な、なんで……」

混乱し、優真は率直すぎる問いをガーシュに返していた。

「そういうところが俺を煽るんだということを、そろそろ覚えてくれ……」

語尾は、長い舌が優真の口内に溶かし込んでいった。そして、二つの屹立が、ガーシュの大きな手のひらに包まれる。

「ああっ……ん」

ガーシュの大きな手のひらは、二本を十分に包み込んでいた。擦り合わせるように扱かれ、親指で先端をぐりぐりされて、優真の逃げ場はどこにもない。意味を成さない声が出るばかりで、本当に——本当にどうしたらいいのかわからない。

もちろん、ひとりでこういうことをしたことはある。だが、それほど好きではなかったし、欲望の対象もいなかった。

一度だけ、大学の女性講師に誘われたことがあったけれど、断った。だが、もし彼女とそうなっていたとしても、きっとこんなに気持ちよくなんかなかったと、思う……。

「んっ、は、あ……」

「出したければ出せ……気持ちいいなら」

ガーシュの毛が生えた猛りに摩擦され、優真の屹立がぴくぴくと悦んでいる。

でも、もっと、もっとして欲しい。もどかしく感じるのは、先端から零れるもので屹立が濡れているからだ。

「気持ち……いいよ……っ。あ――……っ！」

優真が零した雫を、ガーシュの親指が、さっと浚っていった。そして。

「あ、あっ……イク……で、る……っ」

敏感な先の部分を緩急をつけて刺激され、優真は白い液を吹き出していた。それが、恥ずかしいほどに止まらなくて……。

「や……見ないで……恥ず……」

泣き声はキスで封じられる。

その間もぴゅくぴゅくと精は吹き出し続け、二人の手をしとどに濡らして止まった。優真の精で濡れた自分の指を、ガーシュは一本一本、丁寧に、愛しげに舐め取る。

その行為がまた、優真の背筋をぞくぞくとさせた。

「なんで、そんなの、舐めるの……ん、んんっ――」

「俺の大事なユーマのものだからな」

「そんなの、変だよ……っ。せ……っ、せーえきを、舐めるなんて……っ」

「俺のユーマのものを変だと言うな」

懸命な抗議も簡単に却下されてしまう。

（せ、せーえきなんて、恥ずかしいことをがんばって言ったのに……っ）

何もかも初めての身体には、衝撃ばかりだった。だが、大切なことはまだ何も終わっていないのだ。

これは『初夜の儀』だ。

優真はガーシュの精をその体内に受ける。そうすることで異世界の花嫁はこの世界の者となり、真の伴侶となる。

そうなりたい。そうなりたいから……。

「ガーシュ、僕、がんばるから！」

突然の意思表明に、ガーシュは驚いて目を瞠ったが、やがて、子どもがじゃれるようなキスをしてきた。

ぺろっと、赤い舌で顔や首筋などを舐める。それはくすぐったくて、快楽ではなく、可愛いとか愛しいとかいう感じに近い。

（きっと、狼の親は子どもをこんなふうに舐めるんだろうな）

ガーシュも、ルルもこんなふうに親に愛されたのかな、そんなことを思う。

だが、ほっこりとしたそのひとときは、長くは続かない。

「がんばらなくていいから、感じてくれ」

優真は軽々と身体を翻された。視界がくるりと回ったかと思うと、目の前には、いきり立つ狼の雄があった。

太くて熱くて、長くて、毛がざわっと生えていて……。迫力あるそれをまじまじと見つめてしまい、ハッと気がつく。

……ということは——？

「ちょ、ちょっとガーシュ……っ！」

優真の下半身は、当然ガーシュの頭の方にある。さらに、腰からなだらかに続く二つのふくらみを両手で割り開かれてしまった。

「がんばるんじゃなかったのか？」

「あっ……しゃ、喋らないで……っ」

ガーシュの呼気が直接、誰にも——自分さえ見たことのないところにかかる。

「あっ、や……ガー、シュ」

優真はガーシュの腹に顔を擦りつけ、シーツを握りしめた。ガーシュの舌が、露わにされた秘所と、その周りに触れる。しかも優真の顔の前では、ガーシュの雄が血管を浮き出しながら揺れているのだ。

今までの恥ずかしさレベルが十だとしたら、今度は千だ。そして、気持ちよさレベルは言うまでもなく、先が見えない無限大だ。

「んっ、や、あ……あ……」

「嫌か?」

優しく確認される。嫌じゃない。気持ちいい。ただ、ひたすらに恥ずかしいだけ。

「んっ、あ、やじゃ、ない……っ」

「爪の手入れができていないんだ。雄と交わるにはここを柔らかくほぐすのだと学んだ。この爪では優真を傷つけてしまう。だから舌で……」

「ううっ、あ……ん」

舌がなかへと分け入ってくるのがわかる。固く閉じていたはずのそこが緩み、ガーシュの舌を受け入れている。優真はガーシュの名前で何度も喘いだ。

「ガー、シュ、ガ……シュ、……ん……」

狼獣人の長い舌が優真のなかをゆるゆると進んでいく。その時に生じる、もどかしい快感がたまらない。

「不快ではないか?」

気遣うガーシュの声がどこか遠くで聞こえるようだ。優真は虚ろな目で、猛った雄の向こうでふさふさと揺れる、ガーシュの尾をたぐり寄せていた。

「ん……ふ、っ……」

尾の根元を握りしめ、毛皮の中に顔を埋めて、言葉にできない感覚に耐える。

気持ちいいとか、感じるとか、そんな言葉では足らない。ただただ、ガーシュに未通の場所を暴かれて、とろかされて、もう、もう——。

「ユーマ、そこは……っ」

ガーシュが余裕のない声で訴える。呼応するように、優真はぎゅっと——尾の根元と、時折頬に触れるガーシュの雄を、ぞれぞれの手で握った。

「あ……は、あ……」

「ユーマ……くっ」

ガーシュの雄がびくびくと動いている。彼の懇願は耳に入らず、自分のことで精一杯の優真は、ますます、彼の雄と尾の根元に縋りつく。尾の毛皮に顔を埋めて喘ぐ。

「ん……っ、また、出……っ」

二度目の極みが訪れて、優真はどくどくと放出した。それはガーシュの顔を濡らし、シーツにいくつも染みを作った。

「ごめん、なさ……」

僕だけ二度もイッてしまった……僕は、ガーシュのものを受け入れなければいけない……受け入れたいのに。

ガーシュの身体の上で振り返った優真の身体を、ガーシュは再び攫う。顔を引き寄せられ、二人は深いキスを貪りあった。

「教えて、ガーシュ……これで、いいの？　感じていれば、いいって、こういうこと……？」

「そうだ。それでいいんだ。だが……」

ガーシュの藍色の目が煌めいて、優真のなかを何かがぞくっと駆け上がる。さっき、覚えた快感を、もう身体が期待している。

「だが、もう限界だ！」

ガーシュは優真を前抱きにして立ち上がった。

優真は思わずガーシュの首に腕を、腰に足を絡ませる。だから、落ちることはなかった。

ガーシュは両手でしっかりと優真の尻を支えていた。熱を発する彼の雄が、優真の尻のあわいに擦りつけられている。

歯を食いしばり、表情を険しくしたガーシュに、優真は泣きそうな声で訊ねた。

「ガーシュ……怒ってる……怒ってるの？」

「何度も何度も、尾の付け根を攻めたな……！」

「嫌だったの？　ごめん、ごめんなさい……！」

「違う、そうじゃなくてあれは、あーもう！　泣くなー！」

優真の黒い目に涙を見て、ガーシュは慌てた。

「ガーシュが嫌なら、もう二度と、尻尾には触らないから……」

「いや、むしろ触ってくれ、というか、泣くな……」

ガーシュは優しく優真の唇を塞いだ。それから、涙のたまった目元に、そっとキス。

「狼族の男は、尾の根元を触られると興奮するんだ。感じてこうなる……わかるだろう？」

そう言って、張り詰めた雄を、またすりすりとされる。それは、さっきよりもさらに大きくなっていた。

「おまえと交わる時の最初の精は、おまえのなかに注ぎたいからな。……だから、本当に我慢していたのだ」

「あ……」

「だがもう、我慢の限界だ。ユーマのなかに入らせてくれ」

「……うん」

優真は、何も知らない自分が恥ずかしくて、そして、ガーシュの雄があわいに擦りつけられることが気持ちよくて、赤くなってうなずいた。彼を受け入れることに、何の躊躇もない。

（ガーシュを受け入れられるだろうかって不安だったのに……）

「そのまま俺につかまっていろ……これならおまえを押し潰すことはない」

ガーシュの切っ先が、優真の秘所に触れた。彼の舌で愛されて柔らかくなっていたそこは、ガーシュを上向きに受け入れていく。

「ん……」

優真は目を閉じてその感覚に身を任せた。それは異物の侵入などではなく、ただ幸せに満ちた挿入感だった。ガーシュが、僕のなかに入ってくる……。

だが、突如、優真に衝撃が訪れた。

ガーシュが、先端を咥え込ませた尻を割り開いたまま、ズッ――と、優真を引き下ろしたのだ。

「ああっ！」

ずぶずぶと遠慮のない挿入に、優真の身体は震えを起こし、なかのガーシュをぎゅっと締めつけた。

「力を抜くんだ……もう少し、おまえのなかに入らせてくれ……」

ガーシュも苦しそうだが、優真は息も絶え絶えだった。

「む、り……っ。大きい……っ。できな……」

「辛いか？」

優しい問いかけに、優真は首を振る。

物理的に辛いといえば辛い。だが、そう言えばガーシュは行為を止めるだろう。それは嫌だ。受け入れることは喜びなのだから。

「違う……ガーシュを、離したくなくて、身体に力が入ってしまう、んだ……」

キスして、と優真は表情で願った。つながったままで唇を重ねる。なんて幸せなんだろう。

「ユーマ……おまえのなかに精を注ぎたい。どうかもう少しだけ、俺を入れてくれ」

切羽詰まった、だが愛にあふれた願いを聞き、優真は自分で腰を沈めた。身体がそうしろと言っていた。確かに、そう言った。

「ん……っ、――」

優真の行為に、ガーシュは目を瞠って驚いていた。

「ユーマ……」

「少し、入った……？」

「ああ――本当に、おまえってやつは……」

優真のなかを形づくる襞が、少しずつガーシュを呑み込んでいく。それでもガーシュを全て呑み込むことはできなかった。だが、その先端は確実に、優真の最奥に届いた。

「動くぞ」

ぞくぞくする声だった。もはや声にも感じてしまい、優真は身の置きどころがなくて身体を捩る。ガーシュの律動と絡んで、それはめくるめく恍惚を優真にもたらした。奥を突かれ、ねだってしまうほどの快感を。

「あ……っ……もっと……」

願いに応えて奥を突き、やがてガーシュは動きを止めた。張り出した先端、血管が浮き出た屹立、優真のなかは、ガーシュのかたちに広がっていた。

「ユーマ、俺の、花嫁……」

「嬉しい……」

「出すぞ……受け止めてくれ……」

うなずいた優真の奥に己のものを押しつけたまま、ガーシュは優真の唇を塞いだ。そして、優真のなかに、どくどくとガーシュの精が注ぎ込まれる。

「ああ……っ!」

優真は無意識に締めた。少しも零してはならないと、それも身体が、愛することの本能が教えてくれたことだった。

くちづけたまま、ガーシュは優真を上下に左右にと揺さぶる。なかはガーシュの精で濡れていて、辛さなど微塵もなかった。

ただ、あるのは、あふれそうな幸福感。

やっとひとつになれた。花嫁になれた。この世界の者に……なったんだ――。

優真を抱いたまま、ガーシュはベッドに倒れ込んだ。まだ身体はつながっている。自分の上で甘い息を吐く花嫁の黒い髪を、ガーシュは何度も何度も撫でた。

「ありがとう……」

二人の声が重なった。

ありがとう。僕の、俺のものになってくれて――。

「もう一度……」

耳がとろけそうな囁きに、優真はうなずいていた。


それから、夜が明けるまで抱き合った。

疲労感と多幸感に溺れそうになり、優真は何度か気を失いかけた。だが、そのたびにガーシュがキスで連れ戻してくれた。

抱っこされたまま、そして後ろから。だが、やっぱり顔が見たくて、ガーシュの膝の上で手足を絡みつけて交わった。

そんな激しい行為の合間、互いの精で濡れた身体を寄せ合っているだけでも幸せで、優真はほうっと深い息をついた。

「どうした?」

「ここに……ガーシュのがいっぱい……」

「頼むから、そういうことを言わないでくれ」

答えるガーシュは、完全に照れている。

「こんなにたくさん……本当に赤ちゃん、できちゃったらどうしよう」

下腹を撫でながら、優真は明るく笑う。そんなことになったら、元の世界では医学界がひっくり返るだろう。そうなっても、僕はかまわないけれど。

「いいじゃないか。俺の子どもを産んでくれ」

優真の冗談に、キスをしながらガーシュは答える。

「産めるものなら産みたいな。ガーシュの赤ちゃん、可愛いだろうな。ふさふさで、もふもふして
て、毛皮はガーシュと同じ色がいいな」

とろけそうな顔で笑って、優真もキスを返す。そこでふと、ガーシュはひとりごとのように呟いた。

「そういえば、兄上が何か意味深なことを言っていたな……」

「なんのこと？」

ガーシュは、ふっと思案顔をしまい込んだ。

「いや、それは今後、わかることかもしれないな……ユーマ」

微笑んでいた顔が、男らしく野性的な色香を含む。

「また、おまえが欲しくなった」

「うん、僕も……」

「どれだけ愛せば、おまえに子ができるんだろうな」

「まいにち……とか……？」

真っ赤に頬を染めた優真の身体を、ガーシュが折り曲げる。潤みきった秘所が、天を向くほどに
上を向いている。

「これは……さすがに恥ずかしいよ……」

優真はさらに真っ赤になりながら抗議した。だが、ガーシュはもう、優真の膝裏を抱え、切っ先

を当てている。

「どんなユーマでも可愛い」

つぷっ、と先端が優真の粘膜を割る。

「もう、そんなこと言ってるんじゃ……あっ……ふか……い……」

「ゆっくり、するから……」

朝陽が明るく差し込むまで、二人は愛し合った。『初夜の儀』――この夜のことを、優真は一生忘れないと思った。

エピローグ

――ガイスト暦一六二三年。

異世界の花嫁として優真が召還されてから、三年が過ぎようとしていた。

優真とガーシュは正式に結婚し、大陸フラウデルの地図も大きく書き変えられた。

自らの英知と力、そして、影になり日向になり支える花嫁、優真の存在と共に、ガーシュは大陸フラウデルを統一して、覇者となったのだ。

一方、優真はガイストの医学を修めたのち、正式に医師となった。ガイスト、ひいてはフラウデルの医療の充足に優真は大いに貢献し、大陸は穏やかに発展していった。

ガーシュが夢見た、戦乱のない世界へと。

二十八年前の予言は、こうして実現したのだった。


城の図書室で、分厚い古文書の上に身を乗り出し、ルルは燻《いぶ》したような古い紙に綴られている文言を、しかめっつらで見つめていた。

ルルはもうすぐ四歳になる。

今では力の制御も安定し、言葉も話せるようになって、赤ちゃんの頃より随分落ち着いてきた。

背も伸びて、尻尾も大きくなった。だが、今でも優真のことが大好きな甘えん坊だ。

ガーシュのことはますますライバル視しており、脳内で優真と会話をしては、相変わらずガーシュをやきもきとさせている。

その一方で、知力はますます高まり、並み居る学者たちを驚かせている。とはいえ、話し方は赤ちゃん言葉が抜けないのだが。


『……花嫁を得た雄が、病める時も健やかなる時も、いつ如何なる時も、同じ雄である花嫁を愛しぬくことであると。これすなわち、花嫁の性が如何ようであっても、異世界との血を混ぜ、国が栄えることへの布石として、神が授けたもう、異世界の花嫁とその伴侶だけに与えられた力と言ふ。重ねて、それは神の類い稀なる選択であると……』


「なにがかいてあるか、じぇんじぇんよめないでしゅ」

ルルは頬を膨らませて、少し大きくなった灰色の耳をぴくぴくとさせた。

「こんな、ぐにゃぐにゃのじがよめるなんて、パパしゃまはほんとうにすごいでしゅ。ルル、あらためてそんけいでしゅ」

――パパしゃま……。

父のことを思い出すと今でも泣いてしまうルルだが、優真とガーシュに慈しまれ、愛情を受けて成長した。

（いつか、パパしゃまがのこちた、このごほんをよめるようになって、いしぇかいのはなよめのな

「じょをとくんでしゅ」

パパしゃま、みててくだしゃい――ルルは、ぐすんと鼻を啜る。

（でも、きょうは、なくのはがまんするでしゅ）

だって今日は、優真とガーシュの記念すべき日になる……予定なのだ。

よいしょよいしょと大切な本をしまい、ルルは城から、とある場所へと飛んだ。

そう、もうそろそろ――。


ガイスト王立病院の診察室では、チュニック状のゆったりとした白衣をつけた優真が、患者の胸に聴診器を当てていた。

ガーシュの伴侶となってからも、その清楚さは変わらないが、さらさらした黒髪の向こうの表情は、以前よりずっと明るくなった。今では、ガイストで最も信頼される医師である。

「アル、とても顔色が良くなったね。薬が良く効いたみたいだ」

「はい、ユーマ先生に定期的に診ていただいたおかげです。この頃は咳も出なくなって」

優真の優しい問いかけに、アルは元気な声で答えた。彼は、以前、優真に花束をくれた少年だ。優真が医師となり、アルのかかりつけになって以来、彼は今も毎回、優真のために花を摘んできてくれる。アルの夢は、大人になったら花の店を開くことなのだそうだ。

よかったあ、と喜び合っていたら、ドアの外から騒がしい声が聞こえてきた。

「ルル！　ユーマはどこにいる？」

「ガーシュ、ユーマはしんしゃつちゅうでしゅ。おちごとのじゃまをちてはだめでしゅ！」

窘めるルルに対し、らしくなく慌てているのはガーシュだ。

「だが、ユーマはもう産み月なんだぞ！　今日は『予定日』なんだぞ！　いつ生まれてもおかしくないんだ。これが心配せずにいられるか！」

「まったく、いまのガーシュを、ししぞくに、みしぇてやりたいでしゅ……」

二人の話を聞き、アルは驚いて立ち上がった。

「ユーマ先生、そのようなお体でお仕事をされていて大丈夫なのですか？」

「うん、大丈夫……だと思っていたんだけど」

優真は下腹部を撫でて、苦笑いをした。

「二人の話を聞いてたら、なんだか急に、ここがざわざわして、痛くなってきた……生まれるのかも……。いたた……」

「ユーマ！」

ドアが壊れるような勢いで、ガーシュが診察室に飛び込んで来た。

今や、大陸フラウデルの若き名君となったガーシュは、さらに狼族の野生あふれる魅力を増し、誰もが憧れる美丈夫となっている。

だが、今の彼は、初めての出産を迎える初心者マークのパパそのものだった。ガーシュは焦りまくりながら、優真を抱き上げる。

「う、生まれるのか？」

「うん……どうやらそうみたい……」

「城へ帰るぞ！」

「もう、間に合わない……かも……」

痛みに顔をしかめつつ、優真は答える。城へ帰らなくても、出産はここで対応できるのだ。だが、ガーシュは驚いて青ざめた。

「なんだって！　ルル、頼む。城まで飛んでくれ！」

「だってここはびょーいんでしゅよ？」

「産着とかどうするんだ！」

「エマに持ってきてもらえばいいでしゅ」

焦りまくるガーシュに、妙に落ち着いたルル。

二人のやり取りを聞いて、優真は痛みに顔をしかめながらも、幸せだなあ、と明るく笑った。

産声が聞こえるのは、きっともうすぐ。

END

あとがき

クロスノベルス様では初めまして。墨谷佐和《すみたにさわ》です。本書をお手に取っていただき、ありがとうございます。

今回のお話は、異世界、花嫁、子育て、獣人と、たくさんの要素が詰まったものになりました。中でも、獣人を書かせていただくのは初めて。いろいろ考え、やっぱり狼だわ！　と相成りました。

それで、北海道の旭山動物園に行った時に、カッコいい狼の写真を撮ろう！　と意気込んでいたのですが、狼さんたちはみな、気持ちよさそうにお昼寝中でした。ザンネン。

狼獣人のイメージは、ガーシュよりもルルが先にできました。ルルは赤ちゃんながら、異世界間を飛び、花嫁を見つけ出すという、すごい能力をもっています。今回、設定を何度も練り直す中で、ルルのキャラは早くに定まり「はやくかちゅやくちたいでちゅ！」と私の脳内で訴え続けていました。

子どもは何回か書かせていただいていますが、獣人で、しかも特殊能力をもっていて……というのは、最初は難しいかなと思ったのですが、書いてみたら、実に楽しかったです。

一方、優真《ゆうま》やガーシュは苦労しました……。しかし、担当様にご助言をいただきながら何とかここまでこぎつけ、二人を幸せにしてあげることができました。ラストの一文を書き上げた時の感激といったらもう！

優真はおとなしいけれど、芯は強い子、ガーシュは獣人人パダリ溺愛攻めに成長したのではないかと思っています。最強です！

最後になりましたが、お世話になった方々にお礼を。

担当様、すぐにぐるぐる迷子になる私に、長期に渡り、ご指導いただきありがとうございました。もう、感謝の言葉しかありません！

イラストをいただいた、糸森《いともり》ゆずほ先生、キャラをいきいきと素敵に描いてくださってありがとうございます！　本書がＢＬ小説デビューとのこと、ご一緒させていただけて、本当に光栄です。

読者様、コロナ渦が続く中ではありますが、本書で少しでもお楽しみいただけたら幸いです。どうぞまた、お会いできますように。

梅雨のたよりが聞こえる頃に

墨谷佐和

CROSS NOVELS をお買い上げいただきありがとうございます。
この本を読んだご意見・ご感想をお寄せください。

〒110-8625 東京都台東区東上野 2-8-7　笠倉出版社
CROSS NOVELS 編集部
「墨谷佐和先生」係／「糸森ゆずほ先生」係

CROSS NOVELS

異世界の獣人王と癒やしの花嫁～不思議なベビーと三人幸せ育児生活～

著者
墨谷佐和

2021年7月23日　初版発行　検印廃止

発行者　笠倉伸夫
発行所　株式会社　笠倉出版社
〒110-8625　東京都台東区東上野 2-8-7　笠倉ビル
［営業］TEL　0120-984-164
FAX 03-4355-1109
［編集］TEL　03-4355-1103
FAX 03-5846-3493
http://www.kasakura.co.jp/
振替口座　00130-9-75686
印刷　株式会社　光邦
装丁　コガモデザイン
ISBN 978-4-7730-6098-0
Printed in Japan